MENTIROSA

Eluhuei Benavides

D1719169

Contents

El diario de Rose

3 1 de agosto

Querido diario, Hace casi un mes que no escribo por aquí, pero es que no me había pasado nada digno de contar hasta ahora.

Hoy, por primera vez en mi vida besé a un chico, y lo peor de todo es que no tengo la más mínima idea de quién era.

Mis amigas y yo decidimos ir juntas a la fiesta de Sant Rosette, la patrona de las rosas inglesas. Casi todo el pueblo estaba allí, disfrutando de las atracciones, la fogata y los algodones de azúcar. Pero yo solo fui por una razón: Jake. El chico que de únicamente escribir su nombre me ponía nerviosa. Es cuatro años mayor que yo, tiene 18, cabello rubio y ojos cafés. Es tan alto como su compañero de equipo de fútbol Joan Roth, el hermano de mi amiga Jess.

Hablamos por primera vez hace 3 semanas atrás, un día que fui a ver una película a casa de los Roth's y él estaba allí, construyendo una mesa de ping pong con su amigo. Los chicos no tardaron en embullarse a unirse a nosotras y hacernos compañía. Al final terminamos los cuatro jugando al bridge* y fue de las tardes más divertidas que he pasado en mi vida.

Creía que yo le gustaba también, porque me sonreía todo el tiempo y no dejaba de contarme chistes malos. Lo sé, son tonterías mías. La cuestión es que esta noche, justo antes de que prendieran la fogata, me entregó una nota que decía que me esperaría al lado de la última rampa del parque, la que es conocida por ser el sitio perfecto para los que no quieren ser vistos o por cometer apasionantes locuras. Firmada con una J que interpreté como Jake.

Fui a su encuentro y la oscuridad se convirtió en mi aliada. Estaba muy emocionada, me sentía tan feliz solo de pensar que Jake quería que estuviéramos solos, que no me pude contener cuando vi una silueta muy parecida a la suya. Me lancé a sus brazos, y me puse de puntillas para alcanzar su rostro. Siempre he sido una persona muy atrevida y mi madre no deja de aconsejarme de que tengo que pensar antes de actuar, pero para cuando recordé sus palabras ya era tarde.

Quién quiera que fuera ese chico al que besé estaba sumamente sorprendido, tanto que tardó unos segundos en corresponderme el beso. Pero cuando lo hizo, oh, puede que las descripciones no sean suficientes para explicar lo que sentí. Era una sensación totalmente desconocida, como si estuviera hecha de partículas eléctricas y estuvieran entrando en corto circuito dentro de mí. Sus manos se posaron en mis caderas con suavidad, solo para indicarme que no me detuviera, que al igual que yo él estaba comenzando a descubrir un nuevo universo. Fue tierno, suave y enloquecedor. Sabía a caramelo y a fresas, y tenía un ligero aroma a limón.

«Me gustas, me gustas mucho.», logró decir entre gemidos aún besando mis labios, ahogado, con voz ronca y casi inentendible.

Yo estaba totalmente drogada de pasión, de tal forma que demoré en responder. No podía detenerme, o no quería detenerme, no estaba segura cual de las dos razones era.

«Tú también me gustas, Jake.», lo sentí tensarse y en ese mismo instante escuché a Penny llamarme. La fogata ya estaba prendida.

«Nos vemos luego.», me despedí, y soy tan tonta que me imaginé su cara sonriente a pesar de no poder verla.

Salí de la grada acariciando mis labios con mis dedos y recordando los últimos minutos que había vivido. La sonrisita nerviosa y el temblor de mis manos vuelven de solo pensarlo. Pero lo más impactante fue cuando vi a Jake sentado al lado de Mandy, una chica de su clase, y a juzgar por sus gestos llevaban rato en una conversación. Además de que no tenía tiempo de haber regresado, por lo tanto era imposible que él, a menos de que tuviera super poderes, estuviera en dos sitios a la vez.

Entré en pánico al instante, ¿Quién era aquel chico? Y ¿por qué Jake me entregó su nota? Traté de pensar con más calma y me reuní nuevamente con mis amigas para contarle de mi descabellada aventura. Sus carcajadas no ayudaron. Y mucho menos sus comentarios.

«Eso cuenta como una cita a ciegas ¿no?», preguntó April secándose las lágrimas de tanto reír.

«Un primer beso a la altura de Rose.», Penny se sujetaba el abdomen con fuerza, por un momento creí que le explotaría.

«¿Por qué no le preguntas a Jake quién es el chico misterioso?», Jess fue la única que se tomó en serio mi preocupación. Pero le dije que no. Eso me humillaría más ya que declararía haber pensado que lo estaba besando él. Prefiero averiguarlo por mi cuenta, aunque me costará mucho, porque los nombres con J son los que más abundan en este pueblo.

¿Te cuento un secreto? «Ni que me fueras a contestar jaja»

No me arrepiento de nada. Si quiero saber quién era ese chico no es solo por curiosidad, sino porque ha captado mi atención, y no estaría mal repetir ese beso. «¡Dios, me sonrojo solo de pensarlo!»Te tengo que dejar, mis hermanas están a punto de llegar y no quiero que descubran donde te escondo. Hasta luego.

Rose.

Nota:*bridge: juego de cartas muy famoso en Inglaterra, para muchos es juego más difícil del mundo. En España y otros países de habla hispana se conoce como brizca.

Capítulo 1

1 0 años después...

Si quisiera pedir un deseo, solo uno; buscaría un diente de león, o una estrella fugaz, intentaría arrancarme una pestaña, o recorrería todos los campos en busca de uno de esos insectos rojos con manchas negras circulares, aquellos que pocas veces se posan sobre alguien, no recuerdo su nombre. Aunque pensándolo bien, podría pedírselo a la luna o esperar a que sean las 11:11 de la noche, la hora mágica del día. Mi problema es que tengo miedo de desperdiciarlo, y sé que suena tonto, pero para una oportunidad que tengo de que se cumplan, prefiero asegurarme de que realmente es eso lo que quiero.

Soy, y bien que lo sé, muy soñadora. Demasiado dirían mis amigos, quizá por eso elegí ser escritora. Bueno no, siempre he pensado que la escritura me eligió a mí. Fue la forma perfecta de encontrar un equilibrio entre lo real y lo ficticio. Quise adornar la realidad, hacerla menos aburrida, engañar a la mente y dejarla crear escenarios inexistentes en mi cabeza, plasmándolos en papel y enseñándoselos al mundo.

Se suponía que el año pasado debería haberme casado, o por lo menos es lo que las pruebas indicaban. Al atrapar el ramo de novia en la boda de April había obtenido un 95 % de probabilidades de encontrar un marido en 365 días, pero como lo mío son las letras, ese 5% restante fue el ganador al declararme en el inicio del invierno completamente soltera. Fue la única explicación que encontré para no desanimarme al pensar de que solo por no saber matemáticas las estadísticas no me ayudaron.

Tengo muy mala suerte en el amor. He conocido a varios chicos, pero ninguno ha querido estar por más de unos pocos meses en mi vida. Me han rechazado como compañera, y eso solo puede significar que no eran los correctos.

Hoy en día, a los 24 años son pocas las personas que quieren sentar cabeza. Quiero enamorarme, quiero saber que es eso, quiero suspirar por alguien y que me lata el corazón con desesperación. Mis amigos Jess y Arthur, me enseñaron muchas cosas una vez que descubrí que estaban juntos, y entre ellas esta: que la persona destinada para ti puede encontrarse en cualquier parte, incluso puede que ya la haya conocido, pero no me di ni cuenta.

No dejo de imaginarme la historia amor que podríamos compartir y las metas que nos propondremos alcanzar juntos. Aquel chico de rostro borroso que se forma en mi mente y no deja de intrigarme, me imagino que me envuelve en sus brazos y siento su calor. Más de una vez he estado desesperada por encontrarlo, pero aún no es el momento, sé que existe, y espero que él si esté dispuesto a acompañarme por el viaje de la vida.

Actualmente estoy desde hace un mes en Glash Village, tomándome un descanso de la presión de mi editora. Las cosas por aquí han cambiado mucho, como en todos lados, el tiempo no se detiene.

—Entonces ¿ya saben el sexo del bebé? —pregunta Jess que está a mi lado. Es noche de chicas en Bar Bells.

—Mañana tenemos consulta. —April se acaricia la panza con delicadeza y nos mira sonrientes. Todas sabíamos que sería la primera en tener hijos, siempre siguiendo su agenda de vida. Seguro que ya hasta tiene planeado cuantos nietos tendrá, eso es llegar al extremo. Y a mí aún me parece que fue ayer que se casó y en realidad han pasado dos años.

—Dame tu collar. —le ordeno y Penny se apresura a chillar.

—No harás ningún hechizo de esos de brujas ¿no? —El verano pasado comencé a escribir otra historia de romance, aún no está terminada. La cuestión es que mi personaje principal es gitana, y pues, hice muchas amistades de esta raza mientras investigaba, y no voy a negar que algunos truquitos me enseñaron. El problema de Penny es que le tiene miedo a este tipo de cosas.

—Que no, este truco lo leí en internet. —La tranquilizo mientras April me tiende su colgante.

—Oh, sé cual es, y funciona. —Que suerte tengo de que Jess sea de mente más abierta.

Con mucho cuidado dejo caer el colgante en la palma de la mano derecha de la única mujer embarazada del Bar, antes de volverlo alzar hacia arriba e identificar su movimiento. Oscila a los lados con impulso, por lo tanto eso indica de que el sexo del bebé es...

El timbre de mi celular nos interrumpe, la notificación de que un nuevo correo electrónico ha llegado capta toda mi atención. Me apresuro a alcanzarlo y lo leo con cuidado. Puede tratarse de algo importante.

—Ay, por Dios. No puede ser, esto es... ¡Oh, Dios mío!

—¿Qué pasa? ¿Qué dice? —Le tiendo el teléfono a Penny para que pueda verlo ella misma y esta se lo pasa a Jess y a April antes de correr a abrazarme.

—¡Que tu libro viajará a los Estados Unidos!

—Y yo también. -chillo. "Recuerdos de amor" es el libro que escribí durante el tiempo en que me quedé en el pueblo para la boda de April. Fue best seller en el Reino Unido en el primer año en que se comenzó a vender, y ahora estará en América. No puedo estar más feliz.

—Strand Bookstore, eso es en New York. Amiga, tu libro estará en la Gran Manzana y en una de las mejores librerías de la ciudad.

—Estoy tan sonrojada que podrían confundirme con un tomate ahora mismo, pero es que nunca imagine que mis pensamientos y mis invenciones llegaran tan lejos.

—Oh, me alegro mucho por ti, Rose. —April se levanta de su asiento con cuidado y me regala un cálido abrazo.

—¿Qué es todo este revuelo? ¿Pasó algo? —Arthur se acerca a nosotros cargando una pizza con pepperoni extra grande y la deja sobre la mesa entre los dos sofás.

—Que Rose ya no solo será famosa en Inglaterra, su libro está a punto de cruzar los mares.—Las palabras de Jess me conmueven.

—¿Yo soy famosa en Inglaterra? —pregunto sorprendida, no sabía.

—Tienes un montón de reseñas buenas en Goodreads.

—Y un montón de malas. —enfatizo mientras tomo una rebanada de pizza y me la llevo a la boca.

—Olvida eso, Rose, siempre habrá personas a las que no les guste tu libro. Lo importante ahora es que viajarás gracias a tu trabajo.

—Arthur me da una palmadita en la espalda y su característica sonrisa reluciente y sus ojos azules desprenden chispas. Me alegro mucho de compartir estos triunfos con mis amigos.

—Gracias, chicos. Ahora tengo tanto por lo que preocuparme. Debo preparar el equipaje; sacar el pasaje, investigar sobre el país y sus habitantes, no quiero quebrar las leyes sin darme cuenta, escribir una lista de cosas por hacer y buscar un sitio donde alojarme por los días que estaré en la ciudad. ¡Madre mía, que por primera vez saldré del Reino Unido! —atropello las palabras, estoy tan nerviosa que hasta la voz me tiembla.

—Respira un poco. —me recuerda April.

—Te puedes quedar en mi antiguo apartamento en New York, Joan está viviendo allí ahora, pero no creo que le importe hospedarte por unos días. —me sugiere Jess ayudándome con una de las cosas más difíciles de conseguir, y la idea me encanta, Joan y yo siempre nos hemos llevado muy bien.

—Oh, Jess, no sabes cuanto te lo agradeceré.

—A él le vendrá bien algo de compañía también, desde que se divorció no está muy animado. Ya han pasado 8 meses y sigue sin querer salir a conocer nuevas personas.— Joan y su familia nunca llegaron a mudarse al pueblo, a diferencia de sus padres que si lo hicieron. No sé las razones de su divorcio y me da pena ser indiscreta, pero él es un buen chico y merece ser feliz.

—De eso me encargo yo, no te preocupes. Es más, no le digas que iré a verlo, déjame sorprenderlo.— Jess me sonríe con mayor emoción y vuelve a abrazarme.

— Quiero muchos souvenirs, vale. Que Jess vivió años allá y cuando regresó no nos trajo ni una bola de cristal de las del todo por un dólar. — Penny hace que estallemos en carcajadas y que la susodicha en cuestión se sonroje.

—Me acababan de despedir, tenía el dinero justo. —se defiende aún riendo.

—Estás perdonada. —le guiña un ojo, quitándole importancia a su comentario.

—Lo importante es que volvió. —Arthur entrelaza su mano con la de Jess, y deposita un tierno y rápido beso en sus labios.

—Espero que para cuando vuelva ya tengan fijada la fecha de la boda. —Los señalo con el dedo a ambos. Hace más de tres meses que se comprometieron y aún no han comenzado con los preparativos de la celebración, no hacen más que justificarse de que tienen mucho trabajo. Entiendo que su negocio de fiestas va viento en popa, pero no pueden aplazar más su propia boda.

—Te lo prometemos. —dicen a coro, y ruedan los ojos.

—Deberíamos brindar para celebrar. —sugiere April y levanta su vaso de zumo de manzana.

—¡Por Rose! —Los demás alzamos nuestras jarras de cerveza y las chocamos. «Que raro brindar por uno mismo ¿no?»

—¡Por todos, que sin ustedes no habría podido escribir el libro! —lo digo mirando específicamente a la pareja de enamorados que me fueron de inspiración.

—Oye, nunca me dijiste cuál era el sexo de el bebé. —Con la emoción de la noticia lo había olvidado.

—Es niño. Si hubiera oscilado en círculos sería niña. Ya me llamarás mañana y me dirás que tengo razón. —Penny resopla por lo bajo algo que no logro escuchar y se santigua discretamente volviendo a provocar las risas de todos.

Comemos pizza y nos contamos miles de historias divertidas, reímos de algún que otro chiste que cuento y disfrutamos de la compañía. Dos horas después April se marcha una vez que Peter pasa a buscarla en su nuevo coche. Se notan felices e ilusionados, la llegada del nuevo miembro de la familia es una bendición para todos. Y más para mí, que soy candidata a madrina. April no ha dicho nada al respecto, pero tengo la sensación de que yo seré la elegida. Cruzo los dedos para que así sea.

No pasa mucho tiempo para que los demás abandonemos el bar. Me estoy quedando en casa de Penny y Keith. Tengo que admitir que estos dos juntos son un espectáculo, y estoy agradecida con el novio de mi amiga, se nota que es cocinero. He engordado 5 libras en este último mes, y aunque a muchos les parezca poco, para mí que soy excesivamente delgada es todo un logro. Una semana más aquí y alcanzo el peso correcto, y no puedo decir que no es tentadora la propuesta.

El departamento es pequeño, pero es mucho mejor que la casa de mis padres. La familia se multiplica y ya tengo dos sobrinos más, cuatro en total. Ser la menor de tres hermanas equivale a que tus sobrinos no tomen en serio tus regaños, así que prefiero verlos solo en las mañanas. La última vez que estuve en casa habían hecho origamis con los recibos de la luz y mi madre se estaba volviendo loca.

Me tumbo en la cama de la habitación de huéspedes, un olor a lavanda perfuma las sábanas y el frescor de la noche se escabulle por la ventana. No hay ni una sola estrella en el cielo, todo está oscuro y la luna es tímida como en los días de soledad. ¿Cómo será el cielo en New York? Me muero de ganas por verlo, de conocer su ambiente y descubrir cosas nuevas. Esta será la aventura de mi vida, yo bien lo sé, algo dentro de mí me dice a gritos que mi felicidad está cerca de la Gran Manzana.

Capítulo 2

Dos semanas más tarde...

Nunca había estado tan nerviosa en toda mi vida. Es tarde en la noche en los Estados Unidos y aunque New York es conocida por ser la ciudad que nunca duerme, mi cuerpo está lo suficientemente cansado como para querer conocerla. Mi compañero de viaje fue una molestia en toda regla, un chico de diez años que viajaba bajo la supervisión de las auxiliares de vuelo, no dejaba de golpear su rodilla con la mía y empujar el asiento del señor de enfrente. Creí que no sobreviviría. Mi maleta tampoco es que me ayude mucho, pesa un montón y tengo los pies adormilados de estar tanto rato sentada.

Encontrar la salida del John F. Kennedy International Airport, es más complicado de lo que pensé, para mi suerte soy buena leyendo mapas y rutas «nótese mi sarcasmo» Así que, después de dos horas dando vueltas como loca en el lugar, logro tomar un taxi en la entrada con destino a la avenida Ámsterdam en el Upper West Side.

Bajo la ventanilla del coche y me dejo impresionar por los enormes rascacielos. Las luces de la ciudad me hipnotizan, y una melodía muy conocida eriza mi piel. Todo es igual que en las películas.

«Aww, New York es un corazón palpitante.»

Alicia Keys no miente cuando dice en su canción que no hay nada que no puedas hacer aquí, me siento libre, caótica, viva. Las calles me hacen sentir como si fuera una nueva persona.

«¡Madre mía, que ganas de comerme el mundo!»«Esta ciudad es perfecta para mí.»«¡Por Dios, que no me creo que estoy en New York!»Esto es un sueño.

Quiero gritar, quiero salir y correr para hacerle saber a todos que yo, Rose Harriet Miller estoy aquí, y estoy experimentando lo que es llorar de felicidad.

Ni siquiera me doy cuenta cuando llegamos a la 5th avenida, pero no puedo soportarlo más, olvido el cansancio y pierdo la cabeza por enésima vez en mi vida. Mi corazón va a mil por hora, las manos me tiemblan y no estoy segura de que en algún momento se detendrán. Las estrellas brillan con gran intensidad pero no con la suficiente luz como para cegarme. Son perfectas, aquí incluso el cielo es diferente. Escucho una voz que reclama mi atención, y salgo del taxi sin que se detenga el contador, esto me va a salir caro, pero valdrá la pena.

—Espere aquí.—le pido al chófer.

La veo, una joven que no parece tener más de 18 años canta delante de una tienda de ropa acompañada con un teclado electrónico. No comprendo como las personas que pasan por su lado no se detienen a admirar su talento. El estuche de su instrumento está abierto de cara al público inexistente y cuatro monedas tristes y solitarias yacen en su interior. Me acerco, y me convierto en su única espectadora. Me siento la persona más afortunada del mundo por estar en la primera fila de una de las presentaciones más lindas que he visto en mi vida. La adrenalina corre por mi cuerpo y comienzo a aplaudir con emoción, no conozco la canción, pero que más da, estoy en la Gran Manzana, casi a media noche y puedo bailar al ritmo de la música. Saco un billete de 10 dólares americanos y lo dejo en el estuche.

—Hola ¿Quieres escuchar alguna canción en específico?

No se quien está más sorprendida, si ella o yo. Ya estaba pensando volver al taxi, pero ¿cómo negarme a una oferta como esa?

—Alguna que trate de la ciudad, por favor. —Le brillan los ojos, es bajita, pelirroja, y bastante menuda, pero tiene una voz de gigante. Sorprendente. No tarda en adivinar que soy extranjera por mi acento, y me sonríe antes de comenzar a cantar una famosa canción de Taylor Switf.

—Welcome to New York, it's been waitin' for you...—No pudo haber sido una elección más acertada, la más cálida de las bienvenidas por parte de la ciudad.

—Gracias. —me despido con el corazón en la mano y prometiendo regresar mañana, porque espectáculos como estos son mis favoritos. La ilusión con la que las personas cantan en la calle no se encuentran en los escenarios, y su mirada cargada de esperanza es de las cosas que más me inspiran a escribir.

La cara de felicidad del taxista me deja bien claro que esta noche gastaré más de lo que tenía pensado.

Hay algo en mi mente y en mi cuerpo que no me deja pensar con claridad. Es como si estuviera en el sitio correcto, como si perteneciera aquí. Me estoy volviendo loca al pensar de que New York quedará impregnado en mi piel. Tengo mariposas en el estómago, me siento extremamente atraída hacia cada cosa. Creo que me estoy enamorando y acabo de llegar.

No entiendo como a Jess no le gusta la ciudad, supongo que no todos vemos lo mismo. Para ella New York era barreras y desorden, mientras que para mí es una vida, una historia, un libro abierto, y muero de ganas de leer cada una de sus páginas.

Llegamos a nuestro destino, confirmo que es la dirección correcta y pago el taxi tratando de no alarmarme por el costo. Arrastro mi maleta por la acera y entro en el antiguo edificio en busca de la puerta número 31. Para mi mala suerte tengo que subir unos 16 escalones hasta el segundo piso. Termino agitada y con las manos apoyadas sobre mis rodillas. La próxima vez le pido ayuda a alguien.

Me espabilo, me aliso mis jeans y mi camisa de rayas mientras reviso si mis converses no están demasiado sucios. Toco a la puerta mordiéndome el labio inferior tratando de aguantar las ganas de gritar el nombre de Joan por todo el pasillo. No abre, ni al primer toque, ni al segundo y comienzo a impacientarme. Toco dos veces más y me doy cuenta de que el timbre está justo al lado de la cerradura. «¿Quién podría verlo allí?» Presiono el botón sin descanso y suena tan alto que tengo miedo de que los vecinos salgan y me quieran echar del edificio, pero por fin la puerta se abre.

—Pero...

—¡Sorpresa! —grito poniendo las manos en el aire y regalándole la mejor de mis sonrisas, pero él pone cara de espanto y cierra la puerta.

Estoy desconcertada, no esperaba este recibimiento, y justo cuando voy a pedirle una explicación abre nuevamente.

—Rose, lo siento. ¿Qué haces aquí? —me mira como si aún no creyera que estoy parada frente a él. Lleva una camiseta de algodón que deja al descubierto los músculos de sus brazos, y unos pantalones de pijama con logos de una marca que desconozco. Su cabello rubio está erizado y sus cejas pobladas están extremadamente despeinadas. Y veo detrás de sus largas pestañas una luz muy opaca que se escapa de sus ojos esmeraldas. Está peor de lo que me imaginaba, pero no deja de ser guapo, tentadoramente guapo.

—¿Así recibes a una amiga? ¿No me invitas a pasar? ¿No me das un abrazo? Voy a llegar a pensar que no te alegras de verme.

—Ah, perdóname. No sé que tengo en la cabeza. —Se acerca a mí, y me abraza con prisa. Es tan alto que mi cabeza queda al nivel de su pecho y él tiene que agacharse para poder envolverme en sus brazos. Joan y yo tenemos esa conexión desconocida, supongo que es porque nos parecemos tanto que nos entendemos bien. —Claro que me alegro de verte.

—Vine a hacerte compañía. — Él agarra mi maleta y me hace una señal para que entre al apartamento.

El salón es lindo y acogedor, está pintado de blanco y la decoración es exquisita, se nota el talento de Jess. Creo que el trabajo de decoradora de interiores tampoco se le daría mal. Los cuadros con frases inspiradoras y los muñecos de porcelana en los estantes atraen grandes energías. Si todos los rincones son así de relucientes, mi estancia en la ciudad será muy grata.

—¿En serio? Lo dudo mucho. — Se cruza de brazos.

—Vale, he venido porque me han invitado para la presentación de uno de mis libros en una librería famosa.—Me recuesto en el sofá de tres plazas mientras que él observa cada uno de mis movimientos con el ceño fruncido.

—¿Debería creerte?

—Lo sé, suena poco creíble, pero es totalmente cierto.

—¡Eso es genial! ¡Muchas felicidades, Rose! —se sienta a mi lado y pasa su mano por su cabello como si recordara lo desaliñado que está.

—Gracias. —Experimentamos juntos un silencio incómodo por unos minutos, él con la mirada perdida en algún punto del suelo. Pareciera que no tenemos nada de que hablar cuando en realidad tenemos muchas cosas que contarnos. Se nota que está diferente, agobiado, pero sobretodo triste, y yo acabo de invadir su espacio personal. Trato de romper el hielo al anunciarle.

—Te traje un regalo.

—¿Eh? —Logro captar su atención, y le sonrío acercándome a mi maleta.

—Es de la tienda para zurdos de Londres, Jess me dijo que necesitabas uno. —Fue lo último que guardé así que lo tengo a mano. Le entrego una cajita alargada envuelta en papel de regalo con dibujos de gatos sonrientes. Joan sonríe de medio lado al verlo.

—¿Qué es? —pregunta intrigado antes de abrirlo.

—Ya lo verás.

—Un... ¿abrelatas? —frunce el ceño y se encoje de hombros.
—Gracias. —susurra.

—Si no te gusta me lo dices, tampoco es que me haya costado una fortuna. —Logro que vuelva a sonreír y por un momento creo que vuelve a ser el Joan que conozco.

—Es horrible. —Suelto una carcajada con su confesión y lo empujo a un lado con despreocupación.

—La otra opción eran unas tijeras, así que siéntete afortunado.

—Igual gracias, es cierto que lo necesitaba. —Me mira a los ojos y juguetea con el regalo en las manos.

—¿Te importa que me quede unos días? Jess me dijo que podía. —Sé cual será su respuesta y aunque ya él dedujera al ver mi maleta cuales son mis intenciones, debía preguntar.

—Por supuesto que te puedes quedar, pero el apartamento ya no le pertenece a mi hermana. Desde que se marchó soy yo quien paga el alquiler. —Me contesta en tono amable. —Puedes dormir en mi habitación, ahora mismo cambio las sábanas. Yo dormiré en el sofá.

—No, no te preocupes, yo duermo aquí, no hay problema. Además este sofá es muy pequeño para ti. —le insisto.

—Es cierto, pero si no te sientes cómoda llámame e intercambiamos. —Siempre ha sido así. Joan no ha dejado nunca de preocuparse por lo pequeños detalles.

—Joan —busco sus ojos, y espero a ordenar las palabras en mi mente. — Sé que Hellen y tú... ¿Estás bien? —Toma una bocanada de aire antes de contestar.

—Creo que lo peor de todo es no estar todos los días al lado de mi hija, pero no te voy a negar que me duele ver como Hellen rehace su vida con otro hombre.

—Lo siento. —Quiero saber más, me muero por conocer cuál fue la causa de su divorcio, pero por una vez en mi vida tengo que dejar de lado mi curiosidad y respetar el silencio de mi amigo.

—¿Cuándo es la presentación de tu libro? —Me pregunta para evitar que hurgue más en el tema anterior.

—Es el lunes en la mañana. Faltan 3 días.

—No voy a poder ir por el trabajo, pero te deseo la mejor de las suertes.

Estoy agotada, son más de la una de la mañana cuando Joan me deja un edredón para que me abrigue en la noche. No paro de pensar en New York, en lo increíble y enriquecedor que podría ser este viaje y en las ganas que tengo de conocer cada uno de los rincones de la ciudad. Mañana será un nuevo día y a pesar de tener jet lag no voy a dejar de salir y enloquecerme con sus encantos.

Capítulo 3

Necesito un café urgentemente.

Tengo mucho sueño y son las 9 de la mañana en New York. Joan lleva media hora tratando de no quemar la cocina, y por más que quiero ir a ayudarlo no creo que yo lo haga mejor que él. La mesa del comedor es lo bastante cómoda como para dejar caer mi cabeza sobre ella y dormir por unos minutos más.

— ¿Quieres huevos revueltos quemados o waffles con grumos? —Me pregunta encogiéndose de hombros. Está haciendo todo lo posible para ser un buen anfitrión.

—¿Intentas envenenarme? —Le regalo una sonrisa mientras me froto los ojos tratando de espabilarme. —Con un café soy feliz.

—No tengo. No me gusta, por eso no compro. — me confiesa mientras vierte una mezcla rara en la sartén.

—¿Quieres vengarte por el regalo del abrelatas? —Entrecierro los ojos y lo inspecciono con cuidado. Lleva el mismo pijama de anoche y tiene mejor semblante, o por lo menos es lo que me hace creer. Se ríe a carcajadas con mi pregunta.

—No. —Apaga el fogón y deja las elaboraciones a medias. —Venga, mejor salimos a tomar algo a la cafetería de la esquina.

—La mejor oferta que me has echo esta mañana.

Pido ducharme primero y recuperar las fuerzas para el nuevo día. Salgo del baño con un vestido otoñal con dibujos de calabazas y unas sandalias de cuero. Aprovecho la espera antes de salir para enviarle un mensaje a las chicas y llamar a mis padres. Me faltan las palabras para explicarle lo que sentí una vez que llegué a la ciudad. Pierdo la noción del tiempo y son pasadas las 10 cuando por fin nos decidimos a salir del apartamento. Joan lleva un poulover ajustado de color azul y unos pantalones cortos acompañado de unos tenis deportivos.

—Estás guapísimo. —Tengo la descabellada virtud de hacer y decir lo que pienso. Por lo que Joan no se sorprende con mi comentario, solo sonríe un poco y sus mejillas se tornan de un rosado intenso.

El cielo está nublado y una centena de transeúntes pasan a toda prisa por nuestro lado. Es sábado, se supone que es un día libre ¿no? ¿Por qué todos corren? No lo entiendo, y eso me intriga. Joan me pide que lo siga y caminamos juntos por la avenida.

Si New York de noche es hermoso, de día no pierde sus encantos. Incluso a esta hora me gusta mucho más. El caos con su propio ritmo, con los distintos sonidos que se escuchan a lo lejos, es como si tuvieras una canción de fondo constantemente en tu vida. Es inspirador y a su vez enloquece, es una línea fina la que los divide pero solo tú eres capaz de elegir el camino correcto.

Llegamos a un sitio llamado Ámsterdam Café y me sorprende ver a tantas personas concentradas en un lugar tan pequeño. Las meseras corren de un lado a otro entregando y recibiendo comandas. Es interesante conocer nuevos rostros, cambiar la rutina de siempre saber que es de la vida de las personas como pasa en Glash Village donde todos se conocen. Me gusta imaginarme lo que los demás esconden, sus secretos, sus recuerdos y sus planes futuros. Siempre me ha gustado inventarme historias.

—Ven, podemos sentarnos aquí. —Joan aparta una silla para que yo logre acomodarme en una de las mesas cerca del ventanal de cristal. Estamos muy lejos del bullicio del centro, pero es muy bonito, desde aquí puedo ver todo el lugar.

—¿Vienes mucho aquí? —Le pregunto sin dejar de observarlo todo, las mesas cuadradas, las vidrieras llenas de comidas que desconozco y las luces pegadas en el techo. Me recuerda a esos sitios que salen en las películas americanas donde se desarrollan las más tiernas escenas de romances, esos clichés que tanto me apasionan.

—De vez en cuando.

—Que suerte que tienes, es un sitio especial.

—Si tú lo dices. —me contesta haciéndose el desinteresado, pero algo me dice que él cree lo mismo que yo —¿Cuéntame de ti? Hace dos años que no nos veíamos. —Oh, al parecer se animó a hablar.

—Estoy bien. Ya sabes, con mis libros.

—¿Y? —apoya sus codos sobre la mesa y aún así nuestros ojos nunca están a la misma altura. Cada que estoy a su lado me siento pequeñita y mido 1,75; bajita no soy.

— ¿Y?... ¿Qué quieres saber específicamente? —Veo como se tensa su mandíbula, sabrá Dios lo que esté pensando.

—No lo sé, que tal Londres, tus nuevos proyectos, los chicos…

—¿Los chicos? —arqueo una de mis cejas y niego con la cabeza. —Esa es la parte más complicada de mi vida.

—¿Qué pasó con el primo de Peter? Ese chico con el que te besaste en la boda de April. —me pregunta frunciendo el ceño.

—Baf, me prometió que me llamaría al día siguiente de la celebración. Todavía espero su llamada. —ruedo los ojos molesta, recordar al tonto de Karl siempre termina enfadándome. —Un idiota más para la lista. Solo espero toparme algún día con el chico correcto.

—Yo que tú desisto de encontrar al hombre ideal, eso del amor son puras pamplinas. — Se cruza de brazos y aparta la mirada. Me alarma el tono amargo de su voz, y se me encoge el corazón al imaginarme como se debe sentir tras su divorcio.

—No digas eso, Joan. Que una vez no haya salido bien para ti no significa que siempre sea así. —La camarera se acerca y nos ofrece la carta.

Termino pidiendo un capuchino y unos panqueques con avena, nata, fresas y miel. Joan se decide por unos huevos con tocino y un zumo de naranja. Ante la espera de nuestro desayuno me animo a seguir con nuestra conversación.

—¿Me vas a contar? —capto su atención.

—¿Contar qué? — arquea una de sus cejas y mantiene la pose defensiva de los brazos cruzados.

—No sé, qué tal New York, el trabajo… —imito sus preguntas, pero me muerdo la lengua para no interrogarlo sobre lo que sucedió con Hellen.

—La ciudad está bien. Me gusta vivir aquí, siempre me ha gustado. Solo había accedido a la idea de mudarnos a Grash Village porque Hellen quería, y en parte me hacía ilusión de que Alessia creciera en el mismo sitio en el que yo lo había hecho. —se relaja un poco más. —Ahora mismo en el trabajo no estoy en mi mejor momento. Dentro de 3 meses nombrarán a un nuevo jefe de marketing y no creo que sea uno de los candidatos.

—¿Por qué no? Joan, no me gusta esta faceta pesimista tuya. —le respondo preocupada, y él me regala una media sonrisa.

—Mi jefe cree que soy inestable, con esto del divorcio dice que estoy muy distraído. Aún me pregunto cómo es que no me han despedido.

—Seguro es porque antes eras muy bueno en lo que hacías. —Él asiente y mira por la ventana. Quiero aconsejarlo, debo hacerlo. —Joan, ya han pasado varios meses, y Hellen ha pasado página, deberías tú también hacer lo mismo.

—No quiero involucrarme con nadie en estos momentos. —responde con voz ronca.

Nuestros pedidos llegan al poco rato y tengo la sensación de que he encontrado el mejor café del mundo, es exquisito y que decir de los panqueques. Pocas veces me había sentido tan satisfecha al desayunar. Joan devoró en unos pocos bocados todo el contenido de su plato y esperó a que yo terminara de degustar mi café con calma.

—¿Qué planes tienes para hoy? —le pregunto.

—Ver la tele todo el día.

—¿En serio? Que aburrido. —Me mira con confusión. —¿Por qué no vienes y me sirves de guía por la ciudad?

—Porque eso equivale a no ver la tele. —Me responde regalándome una media sonrisa.

—Venga ya, no es lo mismo recorrer las calles con alguien que ya las conozca bien a ir yo sola. Podría perderme. —Uno mis manos en forma de súplica y termina de dibujar en sus rostro una sonrisa completa.

—¿Sabes qué hay guías que puedes contratar para que te acompañen?

—Sí, pero prefiero que seas tú. Seguro que me sales más barato y me enseñas muchos más lugares. —Suelta una carcajada antes de llamar a la camarera para pedir la cuenta.

—Tendrás que comprarme más que un abrelatas por esto.

Salimos del Café tratando de ponernos de acuerdo con el primero de los destinos que visitaremos. Son tantos los sitios que quiero conocer que no logro decidirme y Joan está a punto de perder la paciencia cuando se presiona con los dedos el puente de la nariz y niega la cabeza por más de una vez. Al final se lo dejamos al azar. Cierro los ojos y señalo en algún lugar del mapa en mi teléfono logrando que sea Brooklyn nuestra primera parada, específicamente el puente.

Más de una vez se me escapa una risita tonta de los labios, me siento como si estuviera a punto de conocer al amor de mi vida. Caminamos hasta la 86 Street, para lograr tomar el metro que nos dejará más cerca del puente. Es fascinante sentirse así, que todo me parezca nuevo, único, que me produzca esos nervios y sienta esas mariposas en el estómago. Que crea que me desmayaré por la embriaguez de adrenalina.

Le doy un pequeño empujoncito a mi acompañante que no deja de entretenerse mirando las grietas del suelo. Sé que es lógico que él ahora no esté impresionado con la ciudad como yo, debe haber pasado por aquí miles de veces desde que se mudó, pero me niego que se pierda en sus pensamientos. Le pido que me cuente de sus primeros años en los Estados Unidos, que me confiese anécdotas de cuando estudió marketing en la universidad de Pennsylvania y si aún guarda revistas de chicas en su habitación.

—¿Cómo sabes eso? ¡Por Dios, qué vergüenza! —Está rojo como un tomate y me río a carcajadas por su reacción, creo que sus ojos se escaparán de su rostro, y le tiembla el labio inferior. Nunca lo había visto tan nervioso.

—Te vi salir un día de la tienda de Mr. Bruce con Jake, ambos guardaron las revistas bajo sus camisetas.

—Ya no lo hago. No quiero que pienses que soy un...

—Creo que la mayoría de los jóvenes en su adolescencia experimentaron de esa manera. No tienes porque avergonzarte. —Lo interrumpo. Al pobre le estaba costando mantenerse en el asiento.

—Ya. —El rosado de sus mejillas le dura para todo el paseo, y disfruto de verlo. —Por cierto, ya que mencionaste a Jake ¿Qué es de su vida? Cuando fui a Glash Village no lo vi. Por falta de tecnología no pudimos mantener nuestra amistad.

—Ahora vive en Australia. Se fue del pueblo meses después de que te mudaras. Quería conocer el mundo. Sus padres dicen que tiene una tienda de tablas de surf en Sídney y está casado con una hippie. Visita el pueblo una vez cada cinco años. Tampoco es que hayamos coincidido, es que mi madre me cuenta todos los cotilleos del pueblo.

—No sé cómo aún me sorprendo de como pasa el tiempo. Ver a la mayoría de mis amigos encontrar la felicidad me reconforta pero no negaré que también me duele en el corazón. Ellos han tenido la suerte de vivir ese amor a temprana edad y compartir su vida con alguien. Mientras que yo solo he ido vagando por los lugares buscando a ese alguien especial.

—Te gustaba Jake. —Por un momento creo que lo está preguntando, pero no, la seguridad de sus palabras indica que es mi turno de ponerme incómoda.

—¿Eh? No. —Ni siquiera sé por qué lo niego, si es obvio que lo sabe, pero me sorprende que lo sepa, mi interés del pasado por Jake solo lo conocían mis amigas y...

—Sí que te gustaba. —Me mira y finge una sonrisa amable, pero parece más bien una mueca.

—Vale, me gustaba, pero duró poco tiempo. Fue un enamoramiento de unas 3 semanas. —Me justifico y no digo que no sea cierto. Revolver el pasado no hace más que robarme mil suspiros de un chico fantasma.

—Que fugaz. —rueda los ojos.

—¿Cómo lo supiste? —Me muerdo una uña y muevo mi pierna derecha de un lado a otro. ¿Tan obvios eran mis intereses o Joan lo sabe por otra razón? Solo de pensarlo me tiembla la voz.

—Se te notaba a la legua. Lo mirabas todo el tiempo, y te reías de cualquier cosa que salía de sus labios. —Un tono amargo disfrazado con una sonrisa crea aún más confusión en mi cabeza. Aunque Joan ya me había asegurado de que él no había sido aquel chico de la feria hacía 10 años atrás.

Mi primer beso, no puedo negar que algo en mi interior estaba feliz con la idea de que fuera él. Me vino la duda un día que fui a su casa y cuando me saludó con un beso en la mejilla lo sentí. Llevaba el mismo perfume, ese con aroma a limón, y todo comenzó a hacer clic en mi cabeza. La J en su nombre era más que evidente, y al ser amigo de Jake, pudo haberle pedido que entregara la nota. Ambos tenían una silueta muy parecida, además de la misma altura. Todo cuadraba, ¡Todo! Excepto que él lo negara rotundamente.

«Nunca estuve en las gradas, volví a casa temprano.»

Fue como un balde de agua fría, porque sentimientos desconocidos despertaron dentro de mi ser. Que quizás antes no me había dado cuenta, pero Joan era de las personas más interesantes que había conocido en aquella época y siempre había disfrutado de su compañía...

Capítulo 4

Dejamos atrás los despampanantes rascacielos de Manhattan y descubrimos ante nuestros ojos a un Brooklyn a la antigua. ¿Cómo es que dos sitios tan cercanos pueden verse tan diferentes? Como si vivieran en otra época. Sus habitantes son más que conscientes de lo afortunados que son y eso me gusta, ver a todos impresionarse por la majestuosidad de uno de los sitios más icónicos de la ciudad. Cruzar el East River nunca había estado en mis planes de vida, y ahora es en todo lo que puedo pensar. Joan intenta tomarme una foto mientras yo hago el tonto cerca de la barandilla, casi todas han quedado borrosas, es un pésimo fotógrafo.

—Venga, dame. —le quito el móvil de las manos y lo obligo a que se coloque frente al puente para así captar todo su esplendor.

—Tengo un montón de fotos con el puente ¿para qué quiero otra? —refunfuña.

—Esta vez es diferente, me sirves de guía. —le tomo dos fotografías, una con cara de enojo y otra mientras creía que no estaba prestando atención. Sin dudas esta última es mi favorita, porque me recuerda a lo relajado que estaba en la boda de April, antes de que pasara lo

de su divorcio y no pudiera estar con su hija todos los días. —Hola.
—Detengo a una pareja de ancianos que al parecer también son
turistas y se les pido con amabilidad. —¿Pueden tomarnos una foto?
—Señalo a mi acompañante y los ancianos asienten encantados.

—¿Qué haces? —me pregunta Joan una vez que me acerco a su lado
y levanto los brazos imitando mi expresión de sorpresa mientras miro
hacia la cámara del móvil.

Esta foto es para tu hermana, quiere ver que te la estás pasando
en grande. —digo entre dientes para no deshacer mi sonrisa para la
foto.

Él imita mi postura, pero no sonríe con tanta emoción. —Muchacho, acércate un poco más a tu novia. —El señor con acento irlandés
le hace un gesto con la mano, y yo me sonrojo por la equivocación.

—Ella no es mi novia. —susurra y estoy segurísima que ninguno de
los dos ancianos lograron escucharlo.

—¡Que pareja tan linda! —La señora que antes no había dicho
nada junta sus manos en señal de felicidad y nos mira con una chispa
en sus ojos.

—Eh... —Que momento tan incómodo. —¿Ya está la foto? —pregunto nerviosa.

—Creo que sí, soy malo para estas cosas de la tecnología, ven a ver.
—Me apresuro a apartarme de Joan y alcanzar mi teléfono. Son varias
las fotos y están...

—Perfectas. Quedaron muy bien.—Todas excelentes.

—Me alegro mucho. Los dejamos para que sigan disfrutando de su viaje. —Los ancianos se despiden con una sonrisa y yo les agradezco nuevamente por las fotos. Joan se acerca a mí por detrás.

—No entiendo por qué creyeron que éramos pareja, ni que nos estuviéramos besando. —Observa la foto por encima de mi hombro y veo de reojo cómo se le escapa una sonrisa sincera. —Quedé mejor que tú.

—Ya quisieras. Aquí lo importante es que queda comprobado que eres el peor fotógrafo del mundo. —No pretendo hablar más de la confusión de los ancianos. Hubo una etapa donde incluso a mí me hubiera gustado ser su pareja.

—Vamos, que aún nos queda mucho por recorrer.

Caminar por Brooklyn es de las cosas más relajantes que he hecho en mi vida, y no puedo quejarme con mi guía. Me enseña el barrio con las casas adosadas más lindas que he visto, e imaginarme viviendo en una de ellas es una imagen que se plasma durante todo el viaje en mi mente. La tranquilidad de esta zona de la ciudad me resulta sumamente impresionante siendo New York un caos en toda regla.

Almorzamos en Julianna's, porque según Joan y la gran mayoría de personas que viven aquí, no puedo marcharme de la ciudad sin haber probado las Pizzas de Julianna. Siempre había escuchado que la comida en New York era exquisita y después de probar las pizzas de este local doy fe de que es cierto lo que se comenta. Ojalá hubiéramos tenido espacio en el estómago para probarlas todas. No me queda más remedio que volver otro día porque esto de degustar tanta variedad se está convirtiendo en un hobbie.

Ya sabía que estaba enamorada de la ciudad, o por lo menos ya lo había aceptado, pero conocer DUMBO* fue como una revelación. Existe un punto exacto donde la fachada del segundo puente más famoso de la ciudad es decir el Manhattan Bridge se convierte en algo mágico y fantástico. Es increíble poder ver desde aquí el Empire State justo entre sus dos arcos. Es el sitio más romántico e inspirador que he conocido. Y tomarme una foto con Joan imitando a unos enamorados es lo mejor.

Me encantó fingir un desmayo entre sus brazos para que unas turistas canadienses nos tomaran una foto. La idea se le ocurrió a él. Ya que en Julianna's también habían pensado que éramos pareja, y decidió seguirle el juego a la ciudad, y yo no puedo negar de que también me parecía algo divertido.

Nunca subestimen una llamada por teléfono. Siempre me ponen nerviosa; no saber si es para algo bueno o malo, no poder ver el rostro de la persona al otro lado de la línea y deducir que tan importante es la situación me inquieta. Justo al final de la tarde después de haber recorrido el Brooklyn Bridge Park, Hellen llamó para informarle a Joan de que su hija Alessia no se sentía bien y que la llevaría al doctor. No lo pensamos dos veces y volvimos en el metro hasta el Upper West Side. Mi compañero de viaje nervioso y más callado que de costumbre.

—Voy contigo. —Le comunico, pero él niega con la cabeza.

—No, Rose. Ha sido un día largo, y no sé hasta que hora estaré en el hospital. Tú descansa. —Le tiembla la voz y atropella las palabras.

—Pero...

—Me tengo que ir, vale. Cualquier cosa te llamo. —Me entrega las llaves del apartamento. Me quedo parada frente al edificio, y lo veo mientras toma un taxi en la avenida.

La idea de quedarme en casa me parece una locura, sola y preocupada por la niña me será imposible concentrarme en otra cosa que no sea caminar en círculos por todo el salón esperando a Joan. Así que me aventuro a tomar un taxi y vuelvo al sitio que me recibió con los brazos abiertos ayer en la noche.

No sé si decir que la 5th Avenida está más concurrida hoy que ayer, pero lo que si sé es que sigue estando igual de espectacular. Ayer no tuve tiempo de entretenerme con las pantallas gigantes colmadas de propaganda y rostros de gente famosa. El anuncio de una nueva película capta mi atención y me detengo a ver el trailer frente a lo que creo es una sala de cine. Son tantas las tiendas y es tan corta la distancia que las separa que no logro entender donde termina una y comienza la otra. Si es por mí compraría tíquets para todas las funciones. Teatros, filmes, musicales, e incluso para visitar la cede de alguna marca de teléfonos que desconozco. Reviso mi teléfono cada dos por tres, esperando la llamada de Joan diciendo que todo está bien, pero no llega, y sigo sin poder despejar mi mente por completo.

Encuentro a quien estaba buscando, como había prometido aquí estoy, frente a la primera persona que me dio la bienvenida a la ciudad. Hoy al parecer a sido un día más productivo que ayer, porque tiene unos tres billetes de 10 dólares en el estuche de su instrumento además de unas pocas monedas. Me acerco a ella para que note mi presencia.

La chica no tarda en reconocerme mientras canta otra canción que desconozco. Me saluda con un guiño y mueve sus dedos por su teclado. Una vez terminar me hace una seña para que me acerque.

—Hola, me alegro de verte. ¿Qué tal tu primer día en la ciudad? —Habla con rapidez además de con cierta soltura.

—Estuvo genial, aunque después sucedieron cosas que aún mantienen mi cabeza ocupada. —Le confieso encogiéndome de hombros.

—¿Algo en lo que te pueda ayudar? —La amabilidad de la chica me conmueve, y aunque niego con la cabeza le agradezco las buenas intenciones. —Soy Kelly, por cierto. Es un placer.

—Soy Rose. El placer es mío. —Hacer amigos es parte de mi talento también. Recoge el estuche de su instrumento, ese que guarda el reconocimiento de su talento. —¿Hace mucho que tocas en la calle? —pregunto por curiosidad.

—Hace dos años, desde los dieciocho. —Comienza a guardar su teclado y los cables que lo unen a un pequeño micrófono que antes no había notado.

—Entonces tienes 20 años ¿no? Aparentas menos edad. Sin ofender. —Le confieso, y Kelly no deja de sonreír en lo que verifica que no se olvida de nada.

—Sí, todo el mundo me lo dice. No te preocupes. ¿De dónde eres? —Me mira con interés, y levanta su instrumento para emprender el camino pero no se mueve de su sitio.

—De Glash Village, un pequeño pueblo de Inglaterra.

—Yo soy de aquí. —se encoge de hombros. —¿Piensas quedarte mucho tiempo en la ciudad?

—Vine por unos pocos días. No te voy a negar que solo llevo 24 horas y estoy obsesionada con ella. Sería un sueño quedarse aquí, pero eso equivale a tener problemas con emigración.

—Hay soluciones para eso. Tengo un amigo canadiense que tiene una visa de estudiante por cuatro años. Podrías pedir una.

—Soy escritora. No tengo mucho tiempo para estudiar una carrera en estos momentos, aunque me tienta la idea. —Le sonrío y no descarto la posibilidad.

—Podrías pedir algún contrato de trabajo en alguna editorial o algo. También dan visas de trabajo. —Kelly se ha propuesto buscar alternativas para que yo permanezca en la ciudad y ni siquiera yo he decidido si me quedaré o no.

—No lo sé, eso es algo complicado. ¿Alguna otra opción?

—Te puedes casar con un ciudadano americano. Aunque si te descubren con un matrimonio falso puedes ser deportada o hasta ir a la cárcel. —Una opción demasiado arriesgada. Además ¿dónde voy a encontrar yo a un ciudadano americano que se quiera casar conmigo?

—Mejor las dos anteriores, aunque ni siquiera tengo muy claro de si quiero quedarme o no. Fue solo una idea tonta qué pasó por mi cabeza. —susurro jugando con el dobladillo de mi vestido.

—Así comienzan las mayores locuras, con una idea tonta. Me voy a casa. Vivo cerca del Gotham West Market. ¿Se te hace camino? —Me habla como si yo conociera la mitad de las calles de New York.

—No tengo ni idea. Me hospedo en un edificio en la Avenida Ámsterdam en el Upper West Side.

—Está a unas cuadras de distancia, pero sí, se te hace camino, si quieres vamos juntas. —Mi primera amiga en la ciudad y no puedo estar más feliz. Acepto y en ese mismo instante el timbre de mi celular nos interrumpe. El nombre de Joan aparece en la pantalla. Me apresuro a contestar y me quedo mucho más tranquila al saber que Alessia está bien, que solo había tenido una indigesta, y que mi amigo volverá a casa en menos de una hora.

Nota : DUMBO: son las iniciales de Down Under The Manhattan Bridge Overpass. Le dicen DUMBO coloquialmente.

Capítulo 5

El domingo pasó volando. Joan se levantó temprano y me acompañó al Ámsterdam Café para que desayunáramos juntos. Él pidió lo mismo que la vez anterior, pero yo no me pude resistir «por más que mi acompañante me advirtió que terminaría con mal aliento» a probar la Western Omelette que contenía jamón turco, pimientos y cebolla. Y tengo que decir que no me arrepiento de nada, estaba deliciosa.

Tenía planeado que visitáramos juntos algunos sitios más cercanos, pero ya Joan había decidido pasar todo el día junto a su hija Alissa, y a pesar de que le rogué que me dejara estar con ellos también se negó rotundamente poniendo de excusa que la pequeña aún no estaba del todo recuperada y se quedarían en casa de su madre.

Terminé sola, siguiendo las instrucciones del mapa del móvil, y recorriendo una de las calles más transitadas. Casi no me pude hacer fotos porque salgo fatal en las selfies, pero por lo menos logré captar en cámara la famosa Catedral de San Patricio. Una iglesia de estilo neogótico rodeada de gigantes rascacielos. No entendía como algo tan antiguo podía contrastar tan bien con el estilo moderno.

Recorrí el barrio Harlem porque Kelly me había contado la noche anterior que los domingos se hacían las misas Gospel y yo me moría de ganas por ver una en vivo y en directo. Al final tuve que pagarle a un guía porque estuve más de media hora tratando de encontrar una iglesia donde me dejaran entrar porque tenían prohibida la entrada a los turistas. Pero después de disfrutar de la música olvidé todo los contratiempos que había tenido para llegar.

La mejor de las tardes la viví cuando entré a la Biblioteca Pública de New York. El paraíso en libros, y de mis lugares favoritos. Sentí que la ciudad me guiaba a ella cuando leía frases de célebres escritores en las aceras de la Avenida a la biblioteca. Fue como un juego y que mejor premio que ver millones de libros juntos. Me quedé allí, leyendo "Cien años de soledad" hasta la hora de cerrar, en la sala de lectura que curiosamente lleva el nombre de Rose Main.

Volví a casa agotada, hambrienta y sin ver a Joan. Hice un pedido a domicilio a un restaurante Chino que encontré mientras navegaba en internet y durante la espera para la llegada de la comida aproveché en llamar a Kelly para invitarla a la presentación de mi libro. Tener una cara más menos conocida me vendrá bien. Suerte que habíamos compartido nuestros números de teléfono la noche anterior.

No recuerdo cuando me quedé dormida solo sé que sentí llegar a Joan en la madrugada, cuando dejó caer sobre mí el arrugado edredón que yacía a los pies del sofá. Y ahora está aquí, en el comedor del apartamento, degustando su desayuno y sonriéndome con amabilidad.

-Cuéntame ¿Qué hiciste ayer por la ciudad? -Está vestido con un traje gris de oficina y un maletín de esos de ejecutivos descasa en su regazo. La corbata con tonos azulados resalta el color esmeralda de sus ojos. Está muy guapo.

-Fui a dos Iglesias de diferentes religiones, leí un libro en la biblioteca pública y conocí la historia del barrio de Harlem y su ambiente multicultural. -Hago una pausa mientras remuevo mi café. Esta mañana Joan me sorprendió con la noticia de que había comprado una cafetera eléctrica moderna y cápsulas de café de distintos tipos. -¿Y tú? ¿Qué tal tu domingo?

-Bien, Alissa y yo vimos un maratón de las películas de Tom y Jerry toda la tarde, y luego Hellen y su novio me invitaron a cenar. -se le ilumina la mirada al decir el nombre de su hija, pero va bajando su tono de voz al hablar de su ex pareja.

-¿Ya se siente mejor Alessia? - Por más que me muera de ganas por saber sobre su divorcio me rehuso a preguntarle. Quizás antes de que me marche de vuelta a Londres se anime a contarme.

-Sí, su indigesta había sido a causa de la cantidad de dulces que comió en el cumpleaños de una compañera de clase. Por eso no pudo pasar conmigo este fin de semana. Para que asistiera a esa celebración. -Se encoge de hombros mientras muerde otro trozo de su sándwich de jamón y queso.

-¿Eso significa que podré verla el fin de semana que viene? -Me emociono con la idea. Los días previos a la boda de April pasamos juntos mucho tiempo en casa de sus padres, Los Roth's; y de vez en cuando todos, incluidas Penny y yo que no éramos de la familia cuidábamos de la pequeña. Ya debe tener por lo menos 3 años si mis cálculos no fallan.

-Sí. -Me regala las más cálidas de las sonrisas. -¿Estás nerviosa? Por lo de la presentación, digo.

-Mucho. Ver que he llegado hasta aquí por mis libros es como un sueño. Aún no me lo creo, Joan. -Escondo mi rostro entre mis manos y trato de contener las lágrimas de felicidad.

-Te lo mereces, Rose. Eres muy buena.

-No sé yo si soy tan buena como dicen. -susurro y por un momento creo que no ha podido escucharme.

-Eres lo suficientemente buena como para que tu libro esté en una de las librerías más famosas de los Estados Unidos. -La seguridad de sus palabras me obligan a mirarlo a los ojos y nunca pensé ver en ellos tanta verdad.

-Gracias.

-¿Qué harás esta noche? -Me pregunta antes de ponerse de pie, y llevar los platos sucios al fregadero haciendo malabares para también sostener su maletín.

-No lo sé. Quería comprar un boleto para ver un musical de Broadway.

-Es un buen plan, si quieres puedo acompañarte. Podemos ir a un sitio especial luego de que termine la función.

-¿Más especial de lo que ya lo es toda la ciudad? -Le pregunto intrigada.

-Es mi sitio favorito y el primero que visité cuando llegué de Inglaterra. -Me sonríe mientras se dirige hacia la salida. -Entonces ¿Te acompaño?

-Por supuesto. Compraré los tickets desde ya para el musical. -Aplaudo de la emoción.

-Me marcho, que tengas un buen día, escritora.

-Adiós, noséaquétededicas. -bromeo. Una carcajada se escapa de sus labios y vuelve a mirarme a los ojos antes de cerrar la puerta.

Los primeros días de noviembre siempre traen consigo ese frescor donde el sol no es tan fuerte como para quemarte y el aire no es lo suficientemente frío como para hacerte temblar. Es el balance perfecto, y el día ideal para una presentación de mi libro en la Gran Manzana.

Strand Bookstore o como es conocida 18 miles of books* es el edén de los amantes de la lectura y de todo aquel que quiera llevarse un recuerdo literario de la ciudad. Se me eriza la piel de solo poner un pie dentro de ella y perderme entre los estantes. La asesora de eventos me reconoce y me invita a pasar a su oficina. En el camino me topo con unos diez ejemplares de "Recuerdos de amor" y no dudo en hacer una foto y enviarla al grupo de WhatsApp que tengo con las chicas. No tardan en responder con muchas caritas felices y emojis de fiesta, y deseándome infinidades de éxitos. Ojalá pudieran estar aquí conmigo, así estaría menos nerviosa.

-Tendrás que leer por lo menos el primer capítulo, es lo que se suele hacer en este tipo de presentaciones. -Me informa Julia, la asesora. Una mujer de unos cuarenta y tantos años, de cabello oscuro y frente prominente. Me gusta el cordón que sujeta sus espejuelos, parece estar hecho de piedras preciosas aunque todos sabemos que es pura bisutería. Su voz es grave y sus palabras retumban en mi mente. No estaba preparada psicológicamente para leer nada enfrente de nadie.

-Pero... con los nervios puede que tartamudee un poco. ¿No es mejor que lo haga alguien más? -pregunto esperanzada.

-No, por eso la hicimos venir hasta aquí. Es su libro, y por lo tanto nadie lo leerá y entenderá mejor que usted. -contesta con firmeza Julia y casi me pongo a hiperventilar frente a ella. Si me hubieran dicho esto antes hubiera practicado, o ¡¿Yo que sé?! Me hubiera tomado un té antes de venir.

-No me queda otra opción entonces. -susurro y siento que todo a mi alrededor se vuelve borroso.

Leer enfrente de desconocidos, con las manos temblorosas y con un acento británico muy marcado, no es la mejor de las ideas. -Dicen que la primavera es la estación del amor, pero yo sobreviví a un invierno cuando derretiste mi corazón... -Leo sin entender siquiera lo que digo, buscando en mis palabras esas sensaciones que tuve mientras las escribía, pero hoy por los nervios y la emoción me parecen extrañas o yo parezco una extraña, porque algo dentro de mí me dice que nunca he vivido ese mágico amor entre estaciones, y sin embargo engaño a todos con mis libros, haciéndole creer al mundo que yo conozco bien ese sentimiento. Termino de leer y a pesar de los aplausos no me siento satisfecha con mi actuación. Dos pérdidas de líneas, más de diez tartamudeos y hubo un momento en el que me quedé sin aire. Nunca estaré preparada para hacer este tipo de presentaciones.

-Estuviste... bien. -Kelly había llegado algo tarde pero alcanzó a ver mis fallos.

-Sí, la cara de todos lo dice. -Trato de no darle muchas vueltas al asunto, después de todo yo soy escritora, no una presentadora de eventos o algo parecido. Aunque si no se tratara de mi libro lo hubiera hecho sin ningún tipo de problema, pero ver las caras de los demás cuando escuchan algo que yo he escrito me afecta demasiado. No es miedo escénico, es pánico a no cumplir con las expectativas.

-Podía haber sido peor. Uno nunca sabe. -La pelirroja intenta animarme y como siempre carga su teclado a todas partes.

-Eso es cierto. -intento sonreír. -¿Tocarás ahora en la calle?

-No, más tarde quizá. -Se encoge de hombros con cierta timidez y no comprendo el porqué. Su carrera de artista callejero no deja de sorprenderme, y me inspira muchísimo. Nunca había pensado en lo agotadora que debe ser su rutina, y lo duro que es que su sustento dependa de cuánto estén dispuestos a dar las personas por escucharla pudiendo o no valorar su trabajo.

-Te invito a un café. -Salimos juntas de la librería y a menos de una cuadra del lugar tomamos asiento en una cafetería muy acogedora de la zona. -¿Desde cuando estudias música?

-Desde pequeña. Mi padre y mi madre son profesores en una academia. -me responde Kelly mientras lee la pizarra donde están colocadas las ofertas.

-Que bien, ¿Tocas más instrumentos? -Me intriga saber más de las personas que me rodean.

-Sí, el violín y la trompeta. -Mi cara de asombro la hace reír.

-Wao, eso es genial.

-No es para tanto, mi hermano pequeño tiene 16 años y ya toca seis instrumentos.

-Madre mía. Son una familia de artistas. -Le demuestro mi admiración.

-Entonces ¿ya has pensado lo de quedarte? -Se cruza de brazos como si hubiera esperado todo este tiempo para preguntar.

-No lo tengo muy claro. -Me muerdo el labio inferior nerviosa.

-¿Quieres un consejo? -asiento con desesperación. -Si estar en New York te hace feliz, deberías quedarte. Todos deberíamos tener el derecho a vivir donde mejor nos sintamos.

Sus palabras no dejan de rondar en mi cabeza por toda la tarde, no le falta razón, pero la incertidumbre de lo que podría suceder me consume. Además que las opciones de obtener la visa son limitadas. Después de acompañar a Kelly hasta su puesto habitual en la 5th Avenida, vuelvo a casa para prepararme para la noche. He tenido la suerte de que hoy es Wicked el musical que se presenta en Broadway. Uno de mis favoritos. Me sé casi todas las canciones y no puedo esperar a que llegue el momento de verlo en vivo.

Joan llega media hora más tarde. Está mucho más relajado, y vuelve feliz. -¿Qué tal la presentación? -Es lo primero que me pregunta una vez entrar por la puerta.

-Me tendieron una trampa. -Estoy sentada en la mesa del comedor cenando los restos de la comida China de la noche anterior. -Tuve que leer el primer capítulo del libro frente a todas las personas que estaban dentro de la librería. Casi no podía terminar una oración sin equivocarme antes.

-¿En serio? -por un momento creo que sus ojos se escaparán de sus rostro. -Lo siento, tenía que haber ido para animarte.

-No te preocupes. Kelly, la chica que te conté que conocí cantando en la calle, estuvo allí. No fue un problema de apoyo. Es que me tomó desprevenida la noticia de leer frente a desconocidos.

-La próxima, te prometo que iré.

-Si es que hay próxima. -Le regalo un guiño mientras me peleo por manejar bien los palitos chinos. Cuando era niña parecían algo divertido, pero como nunca aprendí a utilizarlo, ahora me parecen una herramienta de tortura que evita que pueda atrapar mi comida. ¡Con lo fácil que es usar un tenedor!

-Ya verás que si habrá una próxima vez. -Se sienta frente a mí y me observa con detenimiento. Una chispa en sus ojos comienza a ponerme nerviosa.

-¿Qué tal en el trabajo? -Dejo el cuenco vacío a un lado. No estaba tan mal para ser una comida recalentada.

-Después de meses de no producir al 100 % en el trabajo, hoy mi jefe me ha felicitado y ha utilizado mi idea para una campaña de publicidad. -Así que ese es el motivo de su felicidad.

-¡Eso es genial! Me alegro mucho por ti. -Le digo mientras me pongo de pie y aliso mi atuendo. Hoy utilizo mi mejor prenda para ir al musical. Un vestido rojo de corte imperio con una abertura sobre el pecho y de un largo por encima de las rodillas. Acompañado de unos tacones lo suficientemente bajos como para no morir en el intento de caminar con ellos.

-¡Wao! Estás guapísima. -Nunca creí que pudiera ponerme del mismo color de mi vestido, y que sus palabras provocaran en mí tanto revuelo. Incluso él parece arrepentirse de haberlas dicho.

-Gracias. -me tiembla la voz y decido desviar la conversación. -¿Te cambiarás o irás con el traje de oficina? Yo ya estoy lista.

-Dame unos minutos para ducharme. -Se escapa de mi vista a toda prisa y yo aprovecho para escribir un mensaje en el grupo de WhatsApp de las chicas y enviar un correo a mis padres.

El viaje con Kelly logró abrirme los ojos. Conocer más de la ciudad, de su gente, estar aquí con Joan. Es como si fuera un Déjà vu, como si vivir aquí hubiera sido siempre parte de mi vida. Puede que las respuestas estén frente a mí y la decisión sea más simple de lo que creo. «La vida es un experimento. Cuantos más experimentos haces, mejor.» Aún tengo mil dudas, pero un paso a la vez. No sé cómo lo haré, pero mañana en la mañana hora de Inglaterra. Todos mis conocidos sabrán que tengo intensiones de quedarme en New York.

Nota: *18 miles of books: como dato también se le conoce a la librería como 29 km de libros.

* La vida es un experimento. Cuantos más experimentos haces, mejor : La frase es Ralph Waldo Emerson.

Capítulo 6

Salimos del apartamento con prisas, ya vamos algo justos de tiempo. En mi cabeza solo puedo pensar en una cosa. ¿Cuál sería la mejor opción a elegir? Contrato de trabajo, visa de estudiante o matrimonio falso. Tengo que tomar una decisión lo más pronto posible si realmente quiero quedarme en este país.

Broadway como bien dicen es una Avenida rebelde y con personalidad propia. No es la primera vez que paso por aquí desde mi llegada a la ciudad pero aún así logra impresionarme. El Times Square se roba todas las miradas e incluso Joan que está a mi lado se siente atraído por las innumerables pantallas, luces y colores. Ojalá algún día pueda venir a un concierto de uno de esos grandes artistas que siempre se presentan aquí.

El Teatro Gershwin me hace sentir como si estuviera en un cuento encantado. Nada más llegar nos reciben los adornos de brujas y el ambiente verdoso que caracteriza al personaje principal del musical. Doy saltitos de alegría, tengo los pelos de punta y ni siquiera han comenzado a cantar. Siempre había soñado con estar aquí. Sentada en una butaca de terciopelo, en el medio del salón, justo en la décima fila. Cuando miles de luces se enfocan todas sobre el escenario en el mismo instante en que las cortinas se corren y comienza la función.

Lloro y canto, canto y lloro cada una de las canciones. La escenografía es preciosa y olvido el mundo exterior. ¡Quiero venir aquí todas las semanas! Y puede parecer una locura, pero una idea descabellada recorre mi cabeza. ¿Y si?... Joan.

Joan aplaude a mi lado, Defying Gravity es cantada con pasión por la bruja mala del oeste, y la letra se impregna en mi piel. «Es demasiado tarde para volver a dormir, debo confiar en mis instintos, cerrar mis ojos y creer... Es tiempo de intentarlo y desafiar la gravedad. »

-Rose, la gente nos está mirando. -La canción está a punto de terminar cuando Joan me interrumpe. Tengo que contener el impulso de hacerle una pregunta que nunca creí que saldría de mis labios, pero quiero quedarme en New York y tengo que tomar riesgos.

-¿Eh?

-Estás cantando en voz alta, pero muy alta. -Me sonríe como si le causara gracia que yo misma no me diera cuenta del tono de mi voz.

-¡Oh, Dios mío! -miro a mi alrededor y la pareja de adolescentes que está detrás de nosotros y la señora que se encuentra a mi lado cuchichean entre risas. -Lo siento. -Me disculpo avergonzada, estaba tan metida en el show que olvidé que estoy en el teatro y no en la ducha.

-Cantas muy bien. -Me susurra Joan sin apartar la mirada del Show, y yo me tenso. La idea sigue ahí, y no piensa salir de mi cabeza hasta que no le haga frente.

-¿En serio? Te estás burlando de mí. -Le doy un codazo y él se acerca más a mi butaca.

-No, estoy diciendo la verdad. Se nota que te gusta la función. Nunca había visto a alguien disfrutarla tanto como tú. -Quería contestarle, pero una lluvia de aplausos me interrumpe y prefiero que sea así, porque cada vez que centro mi atención en él tengo ganas de cometer una locura.

Salimos del Teatro más que satisfechos por las dos horas y 45 minutos que disfrutamos del arte allí dentro. Estoy tratando de ordenar las palabras en mi mente, y encontrar el momento indicado para dejarlas salir.

-¿Estás bien? -Me mira con el ceño fruncido. -Te noto perdida.

-Estoy bien es solo que... ¿A dónde vamos? -pregunto cuando veo que no nos dirigimos camino a casa.

-¿Recuerda que te dije que te llevaría a mi lugar favorito de la ciudad?

-Ah, sí, es cierto. -¿Cómo debería hacerlo? Se lo pregunto de una vez o simplemente espero a que él lo deduzca. ¿Y si se niega? Oh, entonces si que estaría perdida.

Caminamos en silencio, porque es lo único que necesito para pensar y a Joan no parece importarle. No tiene nada que decir hasta que nos detenemos.

-Es aquí. Bueno, no aquí justamente. Necesitamos subir al piso 102. -Se encoge de hombros y me mira dudando, como si yo no estuviera impresionada. El Empire State es poseedor del rostro de New York desde las alturas, y no puedo esperar para verlo.

Después de unos tres minutos que me parecieron interminables en el elevador, salimos a ver el más bello paisaje de la ciudad. Un observatorio gigante que sirve de lente para los habitantes y para los turistas que visitan New York, y para toda aquella persona que crea en la perfección. Jamás me cansaría de ver esta vista todos los días. Estrellas, las luces parecen estrellas y se fusionan perfectamente con el cielo. Hace mucho más frío en lo alto, pero poco me importa, acabo de encontrar la mejor de las pinturas hechas por el hombre. Es apasionante, romántico y de película. Es aquí donde los deseos se hacen realidad.

-Es precioso, Joan. No me extraña que sea tu sitio favorito. -Me acerco a la valla temblando antes de mirarlo a los ojos, pero él está hipnotizado con la ciudad. Es ahora o nunca. Después de todo, aún me quedan las otras dos opciones en el caso de que se niegue. -Cásate conmigo. -Se vuelve hacia mí con cara de espanto.

-¿Qué?

-No quiero volver a Londres, me gusta todo aquí, y sé que si me voy yo misma no me lo perdonaré. -Me tiembla la voz, pero lo peor de todo es su mirada de incomprensión.

-¿Y qué tengo que ver yo con eso para que te quieras casar conmigo? -Tiene un tic en el ojo y creo que su vena del cuello quiere explotar.

-Si me caso con un ciudadano americano podré quedarme. Sé porque me lo dijo tu hermana que tu familia y tú obtuvieron la ciudadanía dos años después de estar aquí y como eres el único chico que conozco en la ciudad. Pensé que... -Juego con el borde de mi vestido tratando de aguantarle la mirada.

-No. -Aunque era una posibilidad no estaba preparada para recibir un no como respuesta, y la seguridad con que lo dice casi me saca las lágrimas de decepción.

-¿Puedo saber... el porqué? -tartamudeo.

-Porque es una locura y porque puedo ir a la cárcel por eso. ¿Cómo se te ocurre pedirme algo así? -No está gritando, pero sus palabras retumban tanto en mis oídos que pareciera que lo hace.

-Yo... Lo siento, olvida que una vez lo pregunté. -Era una buena idea que él aceptara mi propuesta de matrimonio en el Empire State, pero resulta que mi vida no es una comedia romántica.

-¿Cómo estás tan segura de que te quieres quedar aquí, si solo llevas 3 días? Es una ciudad, Rose, tu atracción por ella pasará.

-Simplemente lo sé, Joan. Me bastó un segundo, un minuto, un día, para saber que es aquí a donde pertenezco. Que tienes razón, que quizá se me pase mañana o dentro de un mes o un año, pero algo me dice que no. Que quedarme es la decisión correcta.

-Es una locura, Rose. -repite y niega con la cabeza.

-Tenía que intentarlo ¿no? -me encojo de hombros, y vuelvo mi mirada hacia las luces de la ciudad.

-¿Qué otras opciones tienes? -Me pregunta después de unos minutos de silencio.

-Una visa por trabajo o una por estudiante. Pero ambas equivalen a que no tendré tiempo para escribir. -Veo como se pellizca el puente de la nariz y suspira con fuerza. Demora más de diez minutos en decir otra palabra.

-Una vez al mes, especialmente los domingos, en mi trabajo hacen un brunch*, tendrías que acompañarme a todos. Será bueno para mí que mi jefe vea que ya he pasado página con el tema de mi divorcio y pueda recibir ese ascenso. Deberá ser lo más creíble posible. Con la mínima inseguridad que tengas para contestar las preguntas que te hará emigración podemos ser juzgados. Tengo una hija y no pienso pasar cinco años en la cárcel, Rose. -No entiendo lo que quiere decir con sus palabras hasta que se arrodilla. Tenemos que hacerlo bien, entonces. -Suspira y me toma de la mano. El contacto es cálido y ambos estamos temblando, las lágrimas salen de mis ojos y me parece increíble que aceptara. Todos los visitantes se giran hacia nosotros al ver que Joan besa mi mano. Una chispa recorre mi cuerpo cuando sus labios tocan mi piel, y casi no puedo mantenerme en pie. «¡Lo va a hacer!». «¡Me ayudará!» -¿Te quieres casar conmigo?

-¡Sí! -chillo con desesperación, y me lanzo a sus brazos. La multitud enloquece y veo como algunos graban con sus móviles. -Gracias, Joan. Gracias, gracias... no tengo manera de agradecerte. -le susurro al oído y él niega con la cabeza.

-Solo trata de que no nos descubran ¿vale? Además, tú también me servirás de ayuda.

Las felicitaciones por parte de todos los extraños me conmueven, si supieran la verdad, no estarían tan felices por nosotros. Pero eso no es lo importante ahora. Joan y yo nos casaremos, y podré quedarme en New York, podré estar aquí, y es un paso más en el camino de mi vida.

Volvemos a casa y todavía no creemos que nos acabamos de comprometer. Unos planes de boda están en camino y qué pena que Jess no pueda ayudarnos con ello. Me pongo a pensar cuál sería la reacción de todos cuando se enteren de la noticia. ¿Les sonará muy loco? ¿Se enfadarán mis padres por la decisión? Es que por más que lo pienso, no dejo de creer que estoy en el camino correcto.

-Tengo que comprarme un vestido de novia, que tenga un velo, y unos zapatos con los que caminaré hasta el altar. ¡Y la fiesta de despedida de soltera! Joan, tengo que planear una fiesta de despedida, ¿tienes el número de algunos stripers? Invitaré a Kelly, pero grabaré todo para que Penny, April y Jess puedan verla...

-Rose, espera un momento... -Está agobiado con todo lo que he dicho. -No podemos hacer una gran boda, eso serían muchos gastos, además que tenemos que casarnos casi inmediatamente porque tú te marchas en una semana. ¿Y stripers? Ni que nos casáramos para toda la vida. Mejor algo rápido y sencillo, con dos o tres testigos. Nos tomamos unas cuántas fotos y ya.

-¿Entonces que tienes en mente? Pero ya te digo que yo si quiero un vestido estilo Ball, bien pomposo y que casi no pueda caminar de lo grande que será. Es mi primera boda, por lo menos tengo que tener un lindo recuerdo de ella. -Joan niega con la cabeza y se sienta en el sofá pensativo.

-¿Qué tal si...? Nada, olvídalo. -Me deja intrigada.

-¿Qué tal si qué? Termina la frase. -Me desespero y él rueda sus ojos en señal de frustración.

-Podemos ir a las Vegas.

-¡Ay, me encanta la idea! En las Vegas hay stripers y casinos, y discotecas...

-¡Rose! -reclama mi atención. -No vamos a las Vegas a ver stripers, ni a gastarnos los ahorros en los casinos. Vamos a casarnos, así que por favor no comiences a hacer tantos planes. Además, de que solo puedo pedir dos días libres en el trabajo. Y son 7 horas de vuelo.

-Vale, no te enfades. Es que me emociono. ¡Nos vamos a casar, Joan! -le repito y me acerco más a él

-Aún me pregunto cómo acepté a cometer esta locura contigo. -Me mira a los ojos antes de pasar su brazo por encima de mi hombro. -¿Debería llamarte esposa después de que nos casemos?

-Llámame como quieras. -hablo sin pensar, y me muerdo la lengua. -Solo no me digas gatita, es un mote horrendo. -se ríe a carcajadas con mi ocurrencia, y yo apoyo mi cabeza en su brazo porque con lo alto que es no alcanzo a su hombro.

-Sí, es horrendo.

-Una cosa, si después que nos casemos voy a un casino y gano un millón de dólares, ¿tengo que compartirlo contigo?

-Claro, y de paso puedes hacer una fiesta con stripers. -Ambos reímos, me gusta que me siga el juego, que esté dispuesto a divertirse a mi lado.

-Ya quiero que suceda entonces.

-¿Qué va a pasar si te interesas por alguien y estás casada conmigo? -Su pregunta me toma desprevenida y no sé qué contestar a ello. Supongo que yo también podría preguntarle lo mismo.

-No lo sé. Ya veremos. -susurro.

-De mi parte no tienes que preocuparte. No estoy buscando enamorarme de nadie. -Me tenso al escuchar sus palabras. Ojalá pueda cambiar esos pensamientos, Joan merece encontrar el amor.

Nota:

Brunch: Comida que se toma a media mañana en sustitución del desayuno y de la comida de mediodía.

Capítulo 7

Casarse en las Vegas no es tan fácil como dicen en las películas. Joan y yo hemos pasado toda la noche investigando, y resulta que antes de presentarnos en alguna capilla tenemos que solicitar una licencia de matrimonio, luego elegir el estilo de boda y comprar o alquilar los trajes. Así que no nos queda de otra que esperar a llegar.

Joan hablará con su jefe hoy y le contará sobre la boda. Si todo sale según lo planeado compraremos los billetes de avión esta tarde, y partiremos hacia la Ciudad del Pecado. «Qué interesante suena eso.» Pero ahora tengo que enfrentarme a los mensajes del móvil, y más después de haberles dejado un audio a todos anunciando el compromiso.

Jess: ¡Llámame urgentemente! ¿Cómo que se casan en las Vegas de la noche a la mañana? ¡Planear una boda lleva tiempo! Por cierto, no sabía que mi hermano era tu nutria.

Penny: Así que por fin te casas, pilla. ¡Felicidades! Cuando vengas a Glash Village haremos una despedida de soltera como te mereces (Espero que a Joan no le importe que invitemos a los Backstreet Boys)

April: ¡Ves como si funcionó el ramo! Al final serás la próxima en casarte.

Mamá: Tu padre y yo vamos a New York. Ahora mismo saco pasaje. Ni se te ocurra casarte sin que nosotros estemos presentes. ¿Y Joan? Porque no ha venido a pedir tu mano.

Papá: ¿Estás embarazada?

Roma (Hermana mayor) : Le dije a mamá que no estabas bien de la cabeza y no me quiso creer. Te quedas en una ciudad desconocida y además te casas. No sé si llorar o reírme. Qué más da, no sé cómo me sorprendo sabiendo como eres. ¡Felicidades a los dos! Joan es un buen chico.

Rebecca (Hermana del medio) : Un día de estos nos da un infarto por tu culpa jaja. Si hubieras visto la cara de mamá cuando se enteró, te da para escribir dos libros de comedia. Así que Joan ¿eh? Menudo partidazo, el tipo mide dos metros jaja. Mándame fotos de los stripers de las Vegas. ¡Feliz Boda, Rose Harriet!

Maggie (Mamá de Joan): Siempre tuve la sensación de que ustedes dos terminarían juntos. Era un presentimiento, y no me equivocaba. Bienvenida a la familia.

Las palabras de la madre de Joan me dejan sin aliento. ¿Qué le causaría esa impresión? Ahora me siento culpable de estar engañándolos a todos. Supongo que a muchos no les sorprende que Joan y yo hayamos tomado la decisión de casarnos, aunque sea todo una mentira.

También tengo que decir que creía que se lo tomarían peor, pero ninguno se ha puesto a pensar de que solo lo hago para poder quedarme en el país. ¡Se lo creyeron todo!Madre mía, si puedo engañar a mi familia y amigos con esto, podré claramente superar las pruebas de emigración.

Corro a llamar a mis padres para quitarle la idea de la cabeza de venir a la ciudad, y por supuesto informarles de que no estoy embarazada. Obligo a Joan a pedir mi mano por teléfono y su cara de enojo me causa mucha gracia, no es mi culpa que mis padres aún no sepan que estamos en el siglo XXI. Por más que quisiera decirles que esto es solo un montaje, no nos podemos arriesgar. Según tengo entendido en los casos de matrimonios con extranjeros revisan hasta los más mínimos detalles para probar que no son falsos, y los móviles no se escapan del escaneo. El gobierno tiene sus mañas.

—Tengo mensajes de un montón de gente felicitándonos, Glash Village entero ya lo sabe. —Joan está sentado en la mesa del comedor tomando su desayuno mientras yo chateo con su hermana que no deja de preguntarme cómo surgió nuestro amor y yo no tengo ni idea de qué contestarle.

—Lo siento, eso debió ser obra de mi madre. —me disculpo. Bien sé que a mi mamá le hubiera gustado ser periodista de la prensa rosa, porque para contar chismes tiene un talento innato.

—No pasa nada, se tendrían que enterar de todas formas. — Hace una pausa antes de preguntarme con cierta inseguridad en la voz.

—¿Estás lista? Aún estás a tiempo de echarte para atrás. —Sus ojos verdes se posan en mí y yo me acerco a él.

—Más que lista, Joan, esto es lo que quiero. Soy yo la que debía preguntarte si aún quieres seguir adelante. —Me tiemblan las manos. Más de una vez a pasado la idea por mi cabeza de que se arrepienta.

—La decisión está tomada. Nos casaremos en menos de 24 horas.

Y en camino de eso estamos. Dieciséis horas después, Joan está dormido en el avión mientras yo veo una película de terror y de comedia. Será tarde cuando lleguemos a las Vegas, pero aunque Joan no lo sabe aún, tendremos tiempo de dar un pequeño paseo. He visto en internet varios sitios chulos que merecen ser visitados. Sería triste venir hasta aquí y no aprovechar el viaje.

—Venga. No es tan costoso, Joan. —Llevo más de media hora tratando de convencerlo para que vayamos juntos a una de las mejores discotecas de la ciudad. —Te prometo que solo será por unas horas.

—Mañana te levantarás con ojeras ¿Te casarás así? —se cruza de brazos y sonríe de medio lado.

—Para eso existe el maquillaje, además el lugar a donde vamos es alucinante. No podemos quedarnos sin despedida de solteros, necesito celebrarlo aunque sea contigo, futuro esposo. —Me acerco a él y trato de arrastrarlo hacia la puerta pero no se mueve.

—No me llevarás a ningún sitio loco de esos que te gustan ¿no? No quiero ver a ningún hombre semidesnudo. —Arquea una ceja y me río ante sus palabras. Que mala reputación tengo con estas cosas.

—Que no, ya verás que todos estarán bien vestidos. —Vuelvo a empujarlo y esta vez si accede.

Las Vegas es locura, ambiente, luces y diversión. Cada rincón es tentador, te incita a hacer lo primero que se te viene a la cabeza y por más que Joan lo niegue, está intrigado por ver qué es aquello que esconde la ciudad.

Llegamos al Ligtht Nigthclub, y no podemos estar más impresionados. Incluso yo que sabía a lo que nos enfrentaríamos estoy con la boca abierta. Es un espectáculo en toda regla. Esto es más que una simple discoteca. ¡Es un circo! Los acróbatas hacen difíciles piruetas y acrobacias sobre nuestras cabezas. Están en el techo. ¡Es el Cirque du Soleil! Es fantástico y el Dj no deja de saltar sobre la tarima. El sitio está repleto, y los aplausos y los silbidos se escuchan por encima de la música.

—Wao, sin dudas no esperaba esto. —grita Joan para que pueda escucharlo.

—Esta será la mejor despedida de soltero de tu vida. —le prometo mientras lo tomo de la mano y lo guío para introducirnos entre la multitud.

Bailamos, reímos, y nos dejamos llevar por la música y la intensidad del momento. Joan sabe como moverse y no duda en demostrarlo. Perdemos la noción del tiempo, ninguno de los dos quiere volver al hotel. Por un momento olvido a todos a nuestro alrededor, somos solo él y yo entre luces, sudor, melodías y química. Es eso, Joan y yo tenemos química. «Creo que estoy borracha, y solo me he tomado un cóctel»

Poco importa como me sentiré por la mañana, tengo la mejor de las compañías, y estoy en uno de los sitios más mágico de los Estados Unidos. Busco sus ojos, y me sorprendo cuando noto que ellos ya me están mirando. No dejo de preguntarme qué querrán de mí, y si algún día lo descubriré.

Vamos juntos a la cola del baño pero dos chicas lo detienen y le preguntaran si pueden darle su número de teléfono. Ni siquiera notan que estoy a su lado.

—Mañana me caso. —Esa es su mejor respuesta.

—Entonces ¿esta es tu despedida? —Una de ellas, la chica rubia alta, le pregunta emocionada y yo no dejo de reír por lo bajo sin motivo.

—Sí. —responde tensándose un poco.

—¿Quieres que te acompañemos para que sea memorable? —La morena bajita habla con cierta picardía y paro de reír de inmediato. ¡Oh, Dios mío! Pero qué... Joan está rojo como un tomate.

—Ella es mi novia. —Me tira del brazo y me acerca a su pecho. No sé si es la forma en que lo dice o el calor que desprende su piel lo que me hace temblar, por un momento no puedo pensar con claridad. «¿Qué me está pasando? Ese cóctel no me está haciendo bien.»

Las chicas parecen haber perdido el color de su piel y tengo la sensación de que sus ojos se escaparán de sus rostros. Ni siquiera tengo tiempo para decir algo cuando las veo alejarse de nosotros. Me separo suavemente de Joan, y trato de disimular esa tensión cósmica que estoy experimentando.

—Creo que ellas querían ser tus stripers. ¿Sabes eso que dicen que lo que se hace en las Vegas aquí se queda? Menos un matrimonio, claro. Pues no le contaré a nadie que le rompiste el corazón a dos chicas aquí. —le sonrío y él niega con la cabeza.

—Confío en que así sea. Aunque hay miradas en las Vegas que no se pueden olvidar. —¿Se refiere a lo de antes? ¿A mis miradas? Comienzo a ponerme nerviosa, y decido que por fin es hora de irnos. Me pierdo entre la multitud, y me cuesta ver con claridad por las luces parpadeantes, me tambaleo sobre mis tacones hasta que siento que su mano tímida y nerviosa me sostiene de la cintura, y eso solo logra que mi corazón se acelere con más intensidad.

—¿Volvemos al hotel? —Me pregunta, y no sé qué responder, todavía su mano está en el mismo sitio de antes para no dejarme caer. —¿Quieres hacer un tour nocturno? —asiento encantada, es como si al igual que yo, él tema de que la noche acabe, y con ella las sensaciones.

Tomamos el Big Bus de dos pisos, y nos dejamos enamorar por las figuras hechas de luces de la ciudad. Drunk de Elle King está en la radio y junto a otros turistas la cantamos a todo pulmón. Su sonrisa de felicidad es contagiosa, y por un momento quiero recordarla en mi memoria para siempre. No me importaría amanecer aquí, aún con sus manos sobre mi piel, apoyada a su pecho y escuchando los latidos de sus corazón. La vida corre demasiado deprisa y ni siquiera nos damos cuenta, ¿qué más da que me dejé llevar? Siento la tensión de su cuerpo cuando me acurruco más a él. —Hace frío. — Es la única justificación que encuentro para que no piense que estoy loca o tratando de que las cosas se compliquen entre nosotros. Pero no tengo ni idea de porqué me siento tan bien así, teniéndolo cerca. Lo besaría, lo haría si no estuviera lo suficientemente segura de que él está cerrado al amor. Y me conformo con esto, con vivir una mentira a su lado.

Son las 2 de la tarde cuando me levanto. No recuerdo cómo llegamos al hotel anoche, ni cómo es que he dormido hasta tan tarde, solo sé que Joan no está. «La boda»

Hoy es el gran día, y tengo cara de mapache por no quitarme el maquillaje anoche. Me apresuro a ducharme. Estoy tan nerviosa que no encuentro ni mis zapatos. Aún no he alquilado mi vestido de novia, y me falta el ramo, aunque no tengo a quien tirárselo. He llamado a Joan más de diez veces al celular, pero no contesta. ¿Habrá vuelto a New York? ¿Y si ahora cree que me gusta y salió corriendo porque no se quiere involucrar con nadie? ¡Ay, Dios mío! Tendré que volver a Londres; todo este viaje para nada, ya está, mi vida acabada, adiós sueño americano, adiós ciudad del Pecado. No he hecho más que el ridículo viniendo aquí a casarme con Joan, que ahora me deja sola. ¿Esto cuenta como abandono en el altar? Espero que no, porque sino que vergüenza, una mancha en el expediente de mi vida.

Siento que el mundo se pone a mis pies cuando la puerta se abre y Joan entra cargando un vestido blanco pomposo, grande y con diferentes capas de tul. Es precioso, muy parecido a uno que le había enseñado cuando estábamos en New York organizándolo todo. Lo único malo es que ha cometido un grave error.

—Que bueno que estás despierta. Tenemos cita para casarnos en 30 minutos, así que debes apresurarte. Ya hice todos los demás trámites, y compré las alianzas. —Atropella las palabras con nerviosismo.

—¡Oh, Dios mío! ¡Es de mala suerte que el novio vea el vestido antes de la boda! ¿Qué has hecho? —chillo aterrada y él frunce el ceño.

—Yo... ¿Qué mala suerte puede haber en nuestro matrimonio? —Se defiende haciendo referencia que claro está que algún día nos tendremos que divorciar. «Lo había olvidado.»

—Ah, es verdad. —Le sonrío y me relajo mucho más. Lleva puesto una camisa de rayas y nos plantamos ajustados, su cabello hoy más que nunca está desaliñado al igual que sus cejas. Está agobiado pero trata de disimularlo con una sonrisa.

—¿Te gusta el vestido? —su mirada de indecisión me conmueve.

—Me encanta. Se parece mucho al que te enseñé. —Le confieso y rozo la tela del vestido con mis dedos.

—Es el mismo, la empresa tiene una tienda aquí en las Vegas, lo vi en internet y esta mañana fui a alquilarlo.

—Oh, Joan, eres lo máximo. —El corazón se me quiere salir del pecho, y no dejo de mirarlo a los ojos ni por un solo segundo. Es todo un detalle lo que ha hecho por mí. Después de lo que parecen ser unos cortos segundos me pregunta con diversión.

—¿Ya sabes lo que tienes que decir cuando el cura te pregunte?

—Sí, quiero. —respondo con seguridad.

—Vale.

—Te imaginas que alguien entra en nuestra capilla y grita "yo me opongo" mientras nos casamos. Eso sería de película. —Podría ser muy divertido, aunque solo por un momento, porque luego nos tenemos que casar de verdad.

—Solo tú piensas en esas cosas, Rose. —Me sonríe antes de cerrar la puerta y marcharse a su habitación.

Nos casamos frente a Elvis, y fue imposible tomárselo en serio. No sé si eran los nervios o Joan que me sonreía de una manera diferente, lo que provocaba que no pudiera hablar con claridad. Una chica vestida de Marilyn Monroe fue nuestra fotógrafa y testigo. Me sentí como si estuviera en una película mala de los 90's, mis favoritas sin dudas. Joan vestía un esmoquin blanco con una corbata roja y llevaba el pelo perfectamente peinado hacia atrás. Por un momento deseé que fue real, que no fuera una ayuda o una solución a un problema. No entendía que me estaba pasando hasta que nos besamos.

Solo con una persona había sentido esa chispa, esa necesidad desesperada de no apartarme de él. Esa electricidad alarmante y única. Solo con él mi corazón había enloquecido de pasión en el pasado, y mi alma ahora grita desde mi interior que no lo deje ir. Tenía que ser él el mismo chico, por más que lo negara, no cabía en mi cabeza que no fuera él.

Joan es aquel al que llevo años buscando.

Capítulo 8

¿Le pregunto o no le pregunto? Trato de imaginarme alguna razón por la que él me haya mentido esa tarde. ¿Por qué no me dijo simplemente que sí? Que había sido él con el que me besé aquella noche de Sant Rosette. Entiendo que el haberle dicho el nombre de su amigo no ayudó mucho, pero él tenía que haberlo sentido como yo, esa atracción era mutua, aunque yo me haya dado cuenta tarde.

Ahora volvemos a New York, llegaremos por la mañana y Joan tendrá que irse a trabajar después del agotador viaje en avión. Está dormido, y no puedo dejar de mirarlo. Siempre fue él, siempre. Yo le gustaba, y mucho, había dicho. ¿Cómo nos ha hecho esto el destino? ¿Cómo es que después de los años nuestros caminos se cruzan y de esta manera? Estamos casados... «de mentira»

Se remueve en su asiento, y se gira un poco más a mi lado. Tiene varios mechones de cabello que le caen sobre la frente. Tengo que retener el impulso de quitárselos y tocar su piel, que celos tengo de sus manos que pueden acariciar su mejilla al servirle de soporte. «Creo que me estoy volviendo loca.»

Trato de entretenerme escuchando música, pero me es imposible. No me había dado cuenta de todas las canciones para el corazón que escucho. Soy una romántica, y sean de amor o desamor no dejo de pensar en el chico que está a mi lado.

—Deja de mirarme. —me sorprende de repente. No sé cómo se ha dado cuenta, ¡si tiene los ojos cerrados!

—¿Eh? —Que vergüenza.

—Me estás preocupando. No te gusto ¿no?—Abre los ojos y sonríe soñoliento.

—No te estaba mirando a ti. —Que mentira más grande, por Dios.

—¿Tengo algo en la cara? —pregunta divertido.

—Sí, un payaso. —Me cruzo de brazos con rostro de enojo. Sin dudas Joan disfruta de la situación.

—¿Quieres hablar? —Bastan esas palabras para ponerme aún más nerviosa. ¿Hablamos?

—¿De qué? —me estoy mordiendo las uñas y él me observa con atención.

—Ayer busqué en internet las posibles preguntas que emigración podría hacernos.

—Oh sí, sería bueno que tuviéramos las respuestas claras. —¿De eso quería hablar? No entiendo por qué pensé que hablaríamos de otra cosa. Es que primero me pregunta si me gusta y luego menciona las preguntas de emigración, así cualquiera se confunde.

—Bien. ¿Cómo nos conocimos? —Pregunta animado como si no supiera la respuesta.

—Que gracioso, sabes cómo fue. En tu casa, tu hermana nos presentó, hace ya aproximadamente 15 años. —Ni me acuerdo bien cómo fue.

—¿Cómo pasamos de ser amigos a novios? Aquí empiezan las mentiras. —me regala una media sonrisa.

—Te enamoraste de mí en cuanto aparecí en tu apartamento en New York. —Hombre, no estaría mal que eso fuera verdad. Joan bufa y yo lo miro con el ceño fruncido.

—No, eso no se lo cree nadie. Mejor di que siempre estuviste enamorada de mí y yo no te hacía caso hasta ahora. —Entrecierro los ojos y niego con la cabeza.

—¿Y por qué tengo que ser yo la que ha estado toda la vida enamorada de ti? Mejor que sea al revés. —Le digo con seguridad y él me sonríe.

—Si tú quieres que sea así. Está bien. —Cede, y sabe que podría ser cierto. —¿Qué cosas tenemos en común? Todo ¿creo? —Él mismo se responde mientras se encoge de hombros y me mira con indecisión.

—Sí, sí, sí, todo. A ti te encanta el café. —Le contesto con ironía.

—Ah, es verdad. Pero en lo demás sí, ambos somos... ¿Encantadores y curiosos? —Arquea una ceja y me regala una sonrisa.

—Eso son solo dos cosas. Necesitamos más. ¿Eres de dulce o de salado? ¿Fresa o chocolate? ¿Terror o comedia? —lo interrogo.

—Salado, fresa y ambos géneros juntos son los mejores.

—Oh, si que tenemos mucho en común. —Me sorprendo con ello. Supongo que por eso siempre nos hemos llevado tan bien. Tenemos los mismos gustos. Menos para el café.

—¿Cuanto tiempo estuvimos de novios?

—Tu te divorciaste hace ocho meses. Podemos decir que más menos hace 5 meses, para que no parezca tan poco tiempo. —Que mencione la palabra divorcio hace que se le tense la mandíbula, y se sienta más incómodo.

—Creo que estaría bien. ¿Dónde será nuestra luna de miel? —Vuelve a sonreír.

—¿Tendremos luna de miel? —No creo que sea necesario, ya han sido muchos gastos con la boda, además, no es que hagamos nada especial.

—No sé, ¿Tú quieres? —Se pasa la mano por el cabello.

—Mejor no. Solo decimos que la noche en las Vegas contó como nuestra luna de miel.

—¿Dónde tienes lunares?

—¿Eh? Esas cosas no se dicen. —Me sonrojo.

—Es una de las preguntas, tienes que contestar. —Se acomoda en su asiento para mirarme frente a frente. Ahora está mucho más cerca de mí de lo que creo poder soportar.

—Tengo algunos por ahí. —Esquivo su mirada.

—Tienes uno en el cuello, aquí. —Me roza con el dedo en la nuca, y me sonrojo tanto que tengo que toser para disimular mi nerviosismo.

—Tantas preguntas me inquietan. Mejor seguimos más tarde. —Lo más sensato es estar callados que contando lunares.

Llegar a casa «Sí, New York ya me huele a hogar.» es más gratificante de lo que imaginé. Aunque las Vegas fue una experiencia divertida, la Gran Manzana sigue siendo mi lugar favorito. Y Joan mi mejor compañía. Me ayuda con mi maleta y juntos subimos al apartamento. Todo estaba bien, estábamos bien, hasta que él recibió una llamada telefónica.

Resulta que su mejor amigo del trabajo, un tal Will del cual nunca había escuchado hablar hasta ahora, se enteró de nuestra boda y pretende venir a celebrarlo, de paso puso al tanto a Hellen y a su novio, los cuales ahora también quieren ser nuestros invitados esta noche.

—¿Crees que sea buena idea? —Le pregunto nerviosa.

—No, es horrible. Hellen, puede que interprete muy mal las cosas. —Eso es lo que le preocupa, lo que pueda pensar Hellen. Nunca me ha dicho que tiene esperanzas de volver con ella, pero puede que con estas acciones lo deje bastante claro. Que suerte tiene de que Joan aún la quiera.

—Lo siento. Por mi culpa mira en la situación en la que estás.

—No es tu culpa, es que Hellen es algo... es complicado de explicar. —Se lleva las manos a la cabeza antes de tumbarse en el sofá.

—¿Hay algo en lo que te pueda ayudar? —juego con el dobladillo de mi blusa mientras me siento a su lado.

—No, de camino al trabajo encargaré la comida en un restaurante italiano, y pasaré por algún supermercado para comprar vino. Tú puedes descansar del viaje. —Ahora está algo abatido. No sabía que la presencia de Hellen podía causar eso en él.

—Vale. Como quieras. ¿Puedo invitar a Kelly para la cena? —Una amiga me vendrá bien.

—Sí.

Se marcha al trabajo y yo por más cansada que esté no puedo quedarme dormida en el sofá, así que decido ponerme a limpiar. No es que la casa lo necesite, Joan para ser un chico es bastante organizado, pero es la única manera que encuentro de entretenerme. Le envío un mensaje de texto a Kelly, y casi inmediatamente recibo su confirmación para la cena. Y eso me deja más tranquila.

Cuando Hellen y yo coincidimos en Grash Village éramos bastante cordiales, se podría decir que nos llevábamos bien. Tampoco es que compartiéramos más que unas risas y unas cenas en familia, pero nunca percibí nada que me causara incomodidad con su persona. Así que creo que entre nosotros no habrá problemas, pero la intriga de Joan desde que llegué para evitar que nos encontremos es lo que me preocupa tanto.

La noche había llegado y con ella las visitas. El alma de la fiesta es Alissa y nuestra invitada especial. Toda la atención de su padre se centró en ella nada más llegar. La niña había crecido mucho desde la última vez que la vi «Como era lógico.» Ya habla y tiene todos los dientes que le corresponden en la boca. Se parece muchísimo a Jess, pero sin dudas heredó el encanto de Joan. Creo que sus manos son como las de su madre. No me reconoció, pero dijo mi nombre con la voz más dulce que he escuchado en mi vida, y me sacó la mayor de las sonrisas.

Hellen está reluciente, lleva un vestido de noche de color blanco, con un ligero escote en la espalda. Es guapa, de cabello oscuro y ojos marrones. Su novio Hugo, es un moreno bajito, con rizos en el pelo y acento latino. Tiene una voz algo chillona pero no deja de parecerme una persona muy carismática. También está William, que no es lo que esperaba...

Llevo años escribiendo, y para crear personajes he tenido que aprender a observar a los demás, entenderlos y estudiarlos. Por lo que un poco de psicóloga de la vida soy. Y sé que la sonrisa del amigo de Joan no es sincera. También hablamos de vibras, y las que él me transmite no son muy buenas.

Kelly es la última en llegar, y la única que trae un regalo entre manos. Su gesto me conmueve, y aunque no sé lo que es ya me encanta, porque es mi primer obsequio de bodas y el único que recibiré al parecer.

—Hola. — se encoge de hombros. —Espero que te guste, no sé muy bien que se les regala a las novias. —Me ofrece la caja envuelta en papel de regalo.

—Gracias, Kelly, no tenías porqué molestarte. —Abro con cuidado el envoltorio, no quiero ni romperlo, pretendo guardarlo para siempre. Me sorprendo cuando veo una pareja de tasas de té protegidas por una caja de plástico. Adoro los detalles de rosas pintadas, y aunque no parecen caras son verdaderamente hermosas. Además que simbolizan la unión de dos personas.

Kelly es la única que conoce mi verdadera relación con Joan, y es solo porque ella fue un gran impulso para que diera un paso así de importante en mi vida. Sé que su regalo no es solo por la boda. Nosotros tres sabemos que es porque me quedo en la ciudad.

Entramos al apartamento y nos reunimos con los demás en el comedor. Todos estamos en silencio removiendo la pasta de nuestros respectivos platos. Hellen y yo no habíamos podido hablar casi, solo nos saludamos. Pero ahora quiero ser una buena anfitriona y hacerlos sentir bien a todos, pero por más que pienso no tengo ni idea de que puedo preguntarles.

—¿Por qué nunca me hablaste de Rose, Joan? —El tono acusador de Will me resulta irritante. No suelo sentir esto con todo el mundo, pero algo me dice que este chico no es tan bueno como parece.

—Nunca preguntaste. —Joan se remueve en su asiento.

—Sí que lo hice. Incluso te invité a varias discotecas para que conocieras chicas. ¿Desde cuando están saliendo? No me puedo creer que me escondieras algo así.— Will es guapo, pero con la boca cerrada mucho más.

—Es una pregunta interesante ¿desde cuando están saliendo? —Hellen me observa con detenimiento. No hay pizca de amargura en su voz pero su mirada acusadora me dice otra cosa.

—Hace unos pocos meses. —Joan se sonroja y se concentra en su hija tratando de evadir la conversación.

—¿Unos meses? Pero si la semana pasada estuvimos hablando y me dijiste que no querías involucrarte con nadie. —Y dale. Es pesado el castaño.

—Porque ya estaba con ella. —Otro silencio incómodo se produce y tengo ganas de esconderme en el baño y no salir hasta que se hayan ido todos.

—No comprendo para que tantos secretos. —Niega Will con la cabeza. Si supiera nuestras verdaderas razones...

—Entonces, ¿eres escritora? —Que suerte que Hugo es más relajado, y por lo menos Joan y yo se lo agradecemos.

—Sí. —le regalo una sonrisa. — ¿De dónde eres? —Su acento es tan musical que me fascina.

—De Cuba. —responde con una sonrisa. Había escuchado que la emigración de los cubanos hacia los Estados Unidos era muy común, y me alegra saber que en la mesa no solo Joan y yo somos los únicos que no nacimos en este país.

—Quiero ir para mis siguientes vacaciones. —Kelly se anima a hablar por primera vez en la cena.

—Te encantará. —comenta el moreno antes de ser interrumpido por su novia.

—Rose, ¿desde cuando te gusta Joan? —La pregunta de Hellen me toma desprevenida a mí y a toda la mesa. Casi me caigo para atrás.

—Eh... —¿Y yo que digo aquí?

—Hellen, no. No estábamos cuando estuvimos en Grash Village, si es lo que quieres saber. —Joan está pálido, y esta es la décima vez que creo que esta cena fue una pésima idea del tal Will.

—Que buena está la pasta ¿Dónde la compraron? —Está claro que Hugo sabe los detalles de su divorcio, pero ¿y yo? ¿por qué me preguntan algo así? Quiero saber toda la historia detrás de esta separación. ¿Le habrá sido infiel Joan a Hellen? Oh, Dios, nunca había pensado en una infidelidad por su parte. Pobre Hellen, la debe haber pasado muy mal. Y Joan, menuda decepción, no es quien yo creía que era.

—Bueno, voy por el postre. —Me escabullo de su presencia y durante lo que queda de cena no puedo mirar a Joan a la cara, no quiero ni verlo. No estoy segura si mis sospechas son ciertas, pero no encuentro otra razón por la que Hellen me haya hecho esa pregunta.

Al poco rato se marchan nuestros invitados y yo agradezco que no quieran hacer mucha estancia en la casa. Le insisto a Hellen de que tenemos que quedar para salir un día juntas, y esta no se niega, aunque sigue dudosa. La de cosas que debe de estar pensando de mí en su cabeza, pero si Joan no me cuenta esta noche sobre su ruptura, tengo que ir preparando el terreno con su ex pareja. Hugo se despide con amabilidad y promete volver a visitarnos, es sin dudas un gran muchacho. Will y yo no hablamos, no es el tipo de persona que me agrade pero para mantener esta mentira a flote tengo que fingir como lo hace él con una enorme sonrisa. Con las que me hubiera gustado pasar más tiempo son con Alissa y con Kelly que ambas fueron nuestro apoyo en la cena. La pequeña para Joan y mi amiga para mí.

Capítulo 9

Llevamos media hora en silencio, estamos fregando la vajilla que utilizamos en la cena y me siento tan enojada con él que me tiemblan las manos cuando le entrego los platos para que los seque. Le lanzo miradas acusadoras y este solo se encoge de hombros.

-Siento lo de Hellen. -susurra.

-Algo le habrás hecho para que se comportara así conmigo. -espeto con seguridad.

-No es lo que tú crees. Yo no hice nada, Hellen está paranoica con este tema. -Deja caer el paño encima de la encimera.

-¿Me vas a contar qué pasó entre ustedes para que se divorciaran? -Me cruzo de brazos.

-Fueron un cúmulo de cosas. -Se mandíbula se tensa, y no me mira a los ojos.

-¿Qué cosas? -Quiero saber.

-Ocurrieron hechos en Grash Village que la hicieron dudar, aunque ya teníamos nuestros problemas. No nos estábamos entendiendo, se pasaba el día reprendiéndome por mis comentarios y acciones, incluso las más comunes. Me sentía cohibido de decir cualquier cosa en mi propia casa. Quería cambiar mi personalidad y yo la suya, supongo que eso significaba que no nos amábamos, que ambos estábamos juntos por pura rutina o porque por una simple atracción creíamos que estábamos destinados. No me di cuenta hasta que ella misma me lo dijo, ni siquiera tuve el valor de ser yo el que le pidiera el divorcio porque sabía que me tocaría estar lejos de mi hija. Alessia es sin dudas lo mejor que me ha pasado, y Hellen es su madre, la quiero porque fue mi compañera por muchos años, pero lo que te preguntó esta noche no estuvo bien, te ofendió a ti y a mí al pensar siquiera que estuvimos juntos en el pueblo cuando aún yo estaba casado con ella. -Sus mejillas se tiñen de un color carmesí, y me siento idiota por haber dudado de él. «¿Cuál es mi problema?»Yo soy siempre la primera en darle el beneficio de la duda a todos, escuchar ambas versiones antes de juzgar, y lo único que hice fue creer que Joan había cometido una infidelidad por un simple comentario. Cuando no es verdad.

-Lo lamento, creía que tú habías... perdóname. -Estoy avergonzada de mí misma.

-No pasa nada, de la forma en que Hellen lo dijo cualquiera lo hubiera pensado. -Toma una bocanada de aire antes de seguir secando los platos.

-¿Qué fue eso qué pasó en Glash Village? -Al final esa fue la gota que colmó el vaso ¿no?

-¿Piensas hacer algo en lo que queda de noche? -Esquiva mi pregunta descaradamente.

-Joan, no me has contestado. -Lo miro a los ojos pero él aparta la mirada.

-Lo sé, pero no quiero hablar de ello, no son buenos recuerdos.

-Quizá pueda ayudarte a desahogarte. -insisto pero niega con la cabeza.

-Rose, dejémoslos así. -se refiere al tema del divorcio. -¿Quieres ver una película en cuanto terminemos?

-Sí. -susurro derrotada. La intriga me está consumiendo, muero por saber qué pasó en aquella época en el pueblo.

Minutos después nos sentamos los dos en el sofá frente a la televisión. La elección es rápida, una comedia es justo lo que necesitamos para calmar el ambiente. Jack & Jill de Adam Sandler logra sacarnos las primeras risas en el minuto uno, y por un momento olvidamos que hacía menos de una hora tuvimos la cena más incómoda del mundo.

No puedo dejar de comentar cada escena, soy de esas personas que tiene que decir todo lo que opina de una película, y esta es tan buena que no dejo de hablar y a Joan no parece importarle o me ignora muy bien porque lo único que hace es asentir con la cabeza. -Joan, ¿Crees que hablo mucho? -Le pregunto casi al final de la película.

-Sí. -Una mediana sonrisa se dibuja en sus labios pero no voltea a verme la cara. Y yo finjo estar ofendida.

-¿Puedo preguntarte algo? -Me muerdo el labio inferior dudosa. No quiero que se tome a mal mis palabras.

-Ya estás preguntado. -Le golpeo el hombro y él me mira sorprendido.

-Eso no, otra cosa. -Me acercó más a él y cruzo las piernas sobre el sofá.

-Dime. -Rueda los ojos con frustración, pero no quita su vista de la pantalla.

-¿Dónde conociste a Will? -Se gira para mirarme sorprendido. No esperaba que le preguntara por su amigo.

-En el trabajo.

-¿Hace mucho tiempo? -Juego con el borde de mi blusa por los nervios, quizá que le confiese que no me cae bien no sea la mejor de las ideas.

-Más de 8 años, Rose. ¿Por qué tanta curiosidad por él? ¿Te gusta? -Se cruza de brazos y evita mirarme a los ojos.

-No, no, no. ¡Oh por Dios, no! -me apresuro a decir. -Es que me inquieta su desconfianza. Estoy segura de que no creyó nada sobre nuestra relación. -Ahora está más relajado, pero su mandíbula sigue apretada.

-Pienso lo mismo. Quizá deberíamos pulir un poco más esta mentira. Por lo menos con las preguntas de emigración que no quisiste seguir haciendo. - Saca su móvil del bolsillo y comienza a buscar en internet.

-Por favor, las difíciles para el final. -las palabras se escapan de mis labios y Joan suelta una carcajada que se escucha en toda la habitación.

-Esas serán las primeras. -Se muerde el labio inferior inconscientemente y tengo que atender a la pantalla del televisor para no dejarme llevar por el impulso de besarlo. -Esta si mal no recuerdo la sé ¿Cuál es tu comida favorita? Cuando éramos jóvenes te encantaban los canelones de jamón y queso. -Sonrío al ver que acierta y se me acelera el corazón de la emoción.

-Sí, y la tuya es la lasaña. Bueno, en realidad todo lo que lleve queso. -Lo sé porque cada que comíamos las chicas y yo en su casa su madre hablaba de lo mucho que le gustaba el queso a Joan. Me alegra que su primera pregunta sea tan sencilla.

-¿De qué lado de la cama duermes? Lee la pregunta en el teléfono.

-Del único lado que tiene el sofá. -respondo con obviedad, en esta casa ni cama tengo. Joan se ríe a carcajadas como si se acabara de dar cuenta que esa pregunta no va conmigo.

-Vale, está bien. Yo duermo del lado izquierdo, así que tendrás que decir el derecho. -Hace una pausa y me interroga con descaro. -¿Fui tu primer novio? -Me pongo pálida al instante. Odio estas preguntas.

-Tendría que decir que sí, no tengo suerte para estas cosas del compromiso. -Me justifico. -Los chicos no me ven como alguien con quien estar por más de unos pocos meses. - Estoy a punto de quitarle la costura al dobladillo de mi blusa de los nervios. Las manos me tiemblan mucho, y espero no estar sonrojada, aunque el calor de mis mejillas ya me da una pista de que sí. Él no dice nada, solo me observa por unos segundos que a mí parecer son los más largos de mi vida.

-¿Qué método anticonceptivo usamos? -Después de toda la espera esta es la gran pregunta que sale de sus labios y poco me falta para asesinarlo con la mirada.

-Esa pregunta dudo que la haga emigración.

-No subestimes a esta gente. Mira. -Me enseña el móvil y confirmo que es cierto.

-Dios mío, pero si tratan de desnudarnos con preguntas. -me percato que él no contestó a la pregunta anterior y le recuerdo. -Oye, no me dijiste cuantas novias has tenido. -Me cruzo de brazos y trato de ignorar su sonrisa.

-Eres la tercera, y la más catastrófica. -Se acerca a mí cobijando mis hombros con su brazo y deja un cálido beso en mi mejilla. Es un simple gesto de amigos, de buenos amigos, pero mi corazón no entiende eso y comienza a latir con mayor desesperación que antes. Espero que no haya notado mi rubor, ni el ligero temblor de mis labios.

-¿Debería tomarme eso como un cumplido? -Esta es la parte donde la película que estamos viendo se pone aún más interesante así que no aparto la mirada de la pantalla. Es el final feliz.

-No. -Otra sonrisa se escapa de su boca pero no pienso mirarlo a la cara. -Rose, ¿recuerdas el cumpleaños número 14 de Jess? -Me pregunta al cabo de unos minutos y me toma por sorpresa que hable del pasado.

-Sí. La embarraste de tarta. La pobre. -¿Cómo olvidarlo? Luego Penny, April y yo terminamos embarras también, pero sin dudas Jess fue la que peor lo tuvo.

-Me dijiste que te gustaba el color de mis ojos, y que disfrutabas pasar tiempo conmigo. -Confiesa con diversión.

-Yo nunca dije eso, lo recordaría sin dudas. -Sí que lo dije, pero en aquella etapa ni siquiera había sucedido el incidente en Sant Rosette.

Fue en el porche de su casa, fui la primera en llegar a la celebración y él me estaba haciendo compañía en lo que su hermana tomaba un baño. Había sido un simple comentario que dicho en sus labios parecen una declaración de amor.

-Lo hiciste, está grabado en mi mente. -Señala su cien y me mira fijamente a los ojos. -En ese momento creí que me querías más que como un amigo.

-Yo no me acuerdo de eso. -Esquivo sus ojos.¿Será que se imagina que tengo sentimientos por él? -En todo caso malinterpretaste mis palabras. -Y eso es justo lo que sucedió.

-Me di cuenta después. -¿Me dirá que fue él el chico de las gradas?

-¿Co... -El timbre de la puerta me interrumpe y por un momento quiero asesinar a quién quiera que sea la persona que está al otro lado.

Se aparta de golpe y se apresura a abrir. Recupero la compostura de pensar que por un momento estábamos llegando alguna parte con la conversación, y voy detrás de él para recibir a la visita no deseada. Casi suelto una palabrota cuando veo a Will apoyado en el marco de la entrada.

-Hola, otra vez. -Su sonrisa poco inocente sigue inquietándome, y no me hago la idea de que está de vuelta en el apartamento. Que inoportuno este chico.

-Will, ¿olvidaste algo? -Le pregunta Joan con tranquilidad.

-¿Puedo quedarme aquí esta noche? Es que perdí las llaves de mi apartamento y hasta mañana no va el cerrajero. -¿Por qué me cuesta creerle?

-Eh, solo tenemos una habitación. -Bien, Joan trata de quitárselo de encima. Con tantos hoteles que hay en New York como para venir aquí.

-Puedo dormir en el sofá, no me importa. -No, en mi sofá, no. Tendré que desinfectarlo después.

-Es súper incómodo. No creo que quepas. -Le digo y espero que desista de quedarse.

-En el piso entonces, mantas tendrán ¿no? -Es insistente el muchacho. -Entiendo que están recién casados y quieren estar solos, pero Joan, no tengo a donde ir, hermano. -Pone cara de inocente, y Joan se deja convencer.

-Sí. Puedes quedarte. -Lo deja entrar y yo no puedo evitar mantener el ceño fruncido.

-¿Estaban viendo una película? -pregunta Will sentándose en el sofá con demasiada confianza.

-Ya se acabó. -contesto enojada y Joan se acerca a mí tocando mis hombros con sus manos.

-Lo siento, es mi amigo. -me susurra apenado y lo entiendo. Es una situación difícil.

-Te espero en la habitación. -Me despido de ambos y tomo una bocanada de aire para relajarme. Vaya noche me espera al lado de Joan.

«¿Joan? ¡Dios, dormiremos en la misma cama! ¡Madre mía! Ahora no sé si agradecerle a Will o cogerlo por el cuello.

Capítulo 10

¿Qué hago? ¿Debería acostarme en la cama? ¿Y si finjo estar dormida para cuando él llegue? ¿De qué lado había dicho que dormía? «Mi pijama» ¿Dónde diablos está mi pijama? ¿Y Mi maleta? «Ay Dios mío, ya no sé ni dónde tengo las cosas.» Estoy temblando de los nervios, ¿cómo terminé aquí?

La habitación es preciosa, con paredes blancas y cortinas gruesas de color grises. Una cama matrimonial bastante espaciosa abarca casi todo el espacio, aunque está todo perfectamente pensado para que sea acogedora, con su guarda ropa y su cómoda con espejo. Hay una única mesita de noche y una foto de Alissa reposa sobre ella. Me acerco a la ventana de cristal, y puedo ver a los coches recorrer las calles de New York, que hoy al igual que en los últimos días, me acoge entre sus brazos. Quién me iba decir cuando recibí aquel correo electrónico aquella noche en Bar Bells, que me enamoraría de la ciudad y cometería la mayor de las locuras de mi vida.

Solo hace un día que Joan y yo nos casamos, y no hay otra cosa que ocupe mi mente. «Joan» El chico fantasma... y ahora en su habitación, por más que quiera estar tranquila no puedo. ¿Guardará él aún esos sentimientos por mí? Quizás había negado su presencia en las gradas la noche que le pregunté porque lo suyo fue algo efímero, como todos los amores en mi vida. Lo más probable es que ya ni le gustara después de aquel beso.

Me inclino hacia adelante apoyando mis manos sobre el ventanal. Hay una pelea de gatos arrabaleros en la esquina, a una cuadra del callejón. No puedo ver bien, así que me muevo más para chismear mejor. Un gato negro y uno naranja se pelean por lo que creo son las sobras de algún desperdicio. «Vamos, Salem, no dejes que el gordo de Garfield te gane.» Sonrío por mis propios pensamientos, y oigo a los gatos gruñir.

—No te irás a tirar ¿no? —Me asusto al escucharlo, y casi me suelto del ventanal y caigo del segundo piso. —¡Cuidado! —chilla y siento que sus manos agarran mi cintura y me tiran dentro de la habitación. —¿Qué estás haciendo? —Creo que sus ojos están a punto de escaparse de su rostro y sus manos siguen sobre mí. Tiemblo por el contacto de sus dedos sobre la piel desnuda donde termina mi blusa y comienzan mis jeans.

—Estaba... eh... había unos gatos... quería verlos pelear, y tú me asustaste. —Los latidos de mi corazón resuenan en mis oídos y la cara de enojo de Joan me pone incluso más nerviosa.

—¿Estás loca? ¿No mides la tensión del peligro? Rose, no puedes inclinarte de esa forma y menos para ver a unos gatos pelear. —Me regaña y no puedo sentirme más avergonzada. Estaba tan sumergida en mis pensamientos por él, y luego me entretuve tanto con las cosas interesantes que sucedían a mi alrededor que no me puse a pensar en lo arriesgada que eran mis acciones.

—Lo siento, aunque si no fueras tan sigiloso al entrar te hubiera escuchado y no me hubiera asustado. —Me cruzo de brazos, y lo miro a los ojos esperando su reacción, pero sigue enfadado y esquiva mi mirada antes de soltarme por completo.

—Traje tu maleta. Supuse que la necesitarías. — No había notado que a su lado están mis pertenencias, y por un momento siento un frío que antes no estaba en la habitación. Es él que perdió el humor.

—Chicos, ¿pasó algo? Escuché gritos. —Oigo decir a Will desde el otro lado de la puerta, y no puedo evitar fruncir el ceño. ¿Pero este chico está pendiente de todos nuestros movimientos o qué? Busco a Joan con la mirada para que me dé una explicación, pero este se apresura a contestar.

—No ha pasado nada, Will. Duerme tranquilo. —Su voz es firme, gruesa y no muy amable como suele ser siempre.

—Vale, buenas noches. —Siento sus pasos alejarse y me centro en Joan completamente. Está buscando alguna prenda en el closet que está empotrado a la pared. Tiene el ceño fruncido.

—¿Sigues enojado? —Me siento en el borde de la cama y observo los músculos de su espalda contraerse.

—Sí, por lo general esto dura unos minutos. —responde con ironía.

—Venga, Joan. Ha sido una tontería. —Me muerdo las uñas, bueno, las pocas que me quedan porque con los días que llevo ya no tengo muchas. Tendré que esperar a que me crezcan.

—No es solo por eso, Rose. —Encuentra su pijama y comienza a deshacerse de su ropa.

—Pero ¿qué haces? No querrás que consumamos el matrimonio ¿no? —Mis mejillas arden al verlo sin camisa, y mis nervios explotan alocadamente. ¿Cómo se le ocurre hacer eso sin previo aviso? Me quiere matar de un infarto seguro.

—¿Qué? ¡No! Solo iba a cambiarme, lo siento. No creí que te fuera a molestar. —«No, si no me molesta, al contrario.» Ahora está avergonzado, y su enojo a pasado a un segundo plano. Se cubre con su pijama que es una camiseta que deja al descubierto sus brazos tonificados, y un poco de su espalda. La misma con la que me recibió la primera noche. —¿Te importa girarte? Es que me quitaré el pantalón. —Le doy la espalda de mala gana, y disimulo para que no vea mi cara de decepción con su respuesta. ¿Es decir que este matrimonio no será consumado?«Bueno, dijo que no.»

—¿Ya? —Me desespero.

—Aún no. —Estoy segura que rueda sus ojos al contestar. Siempre lo hace cuando ve que me impaciento.

—¿Sigues enfadado? —Vuelvo a agarrar el dobladillo de mi blusa y comienzo a jugar con él por décima vez en el día.

—Contigo, no.

—¿Y con quién estás enfadado? —Quiero voltearme y verle a la cara.

—Con Will.

—Perfecto, entonces échalo a la calle. —Me volteo y es justo cuando termina de ponerse su pantalón de cuadritos.

—No puedo, ya le he dicho que se podía quedar. Además no es para tanto, me enfadé por algo que mencionó de la noche de bodas. —Se sienta a mi lado y siento el calor de su cuerpo a mi alrededor. Es bueno saber que ya no está enojado por mi culpa.

—¿Qué dijo?

—No es lo que dice, sino lo que insinúa. Insiste en que yo me casé contigo de mentira para darle celos a Hellen, y que de una manera u otra volver juntos.

—¡Madre mía, que película se ha montado en su cabeza! ¿Y tú qué le dijiste? —Le pregunto horrorizada. Este Will cada minuto que pasa me cae peor. No entiendo como Joan es su amigo.

—Que estoy casado de verdad y que mi relación contigo nunca tuvo que ver nada con la de Hellen. —Se encoge de hombros y una idea loca me viene a la cabeza.

—Yo sé cómo convencerlo de que estamos juntos. —Me levanto y comienzo a saltar encima del colchón. Joan me mira asombrado y me toma de la mano para que me detenga.

—¿Qué haces? —Me susurra con una sonrisa.

—Es la noche de bodas, cariño. —Lo embullo para que salte conmigo, y no lo piensa dos veces.

—¿Deberíamos gritar? —Basta que me haga esa pregunta para que yo adopte la personalidad adecuada para fingir.

—Oh, Joan, oh. —Me tapa la boca de inmediato con la mano, y él retiene una carcajada. Hacemos tanto escándalo que es probable que los vecinos se alarmen o se quejen por nuestro comportamiento. Seguimos dando vueltas en la cama hasta que estamos a punto de explotar de la risa, y lo suficientemente agotados como para caer rendidos de una vez.

—Después de esto no creo que dude. —Sonríe mirando al techo, y yo lo imito. Su pecho sube y baja de tanta agitación y lo tengo tan cerca que puedo sentir su colonia de hombre, ya no huele a limón como antes, sino a pomelo con madera y me atrevería a decir que hasta con un poco de pimienta. Es una fragancia rica y seductora que sin dudas me hace estremecer. —Gracias por la idea. —jadea.

—No tienes que agradecer.

Nos quedamos allí sin decir ni una palabra, solo mirando al techo donde yo misma ya empezaba a crear figuras imaginarias en mi cabeza. No recuerdo bien cuando nos dormidos, pero despertar tomados de la mano es todo una sorpresa.

Aún traigo la misma ropa de ayer. Ni siquiera me percaté de que no me puse el pijama. Joan está en un sueño profundo, y tranquilo. Sus largas pestañas me hipnotizan, y sus cejas pobladas son una de las cosas que más me gustan de su rostro, son expresivas, hablan por sí solas y lo hacen ver incluso más guapo de lo que es. Me detengo en sus labios, los que no puedo olvidar que he besado dos veces ya, y no pierdo la esperanza de que pueda haber una tercera vez. Mi mano comienza a sudar de los nervios, y tengo miedo de despertarlo, que vuelva a atraparme espiándolo o dibujando en mi mente cada pedazo de piel que ansío tocar. Quiero no moverme, y quedarme así para siempre, dejarlo que sujete mi mano todo el tiempo que desee. Hasta que sea de noche otra vez y la luz de la luna se cuele por la ventana. Y si se atreve a contarme todos sus secretos, yo estaría dispuesta a escucharlos solo y únicamente si despierto entre sus brazos. Ojalá se escaparán de mi mente todos mis pensamientos y lograra confesarle lo que siento. Pero el «no quiero involucrarme» me detiene, y no pretendo que nuestra relación se convierta en un cúmulo de incomodidades.

Diez minutos después, Joan se remueve en la cama y suelta mi mano con delicadeza aún pensado que duermo. —Buenos días. —Lo saludo mientras él trata de incorporarse.

—Hola. Buenos días. ¿Dormiste bien? —Me pregunta con amabilidad antes de espabilarse por completo.

—La cama es mucho más cómoda que el sofá. —le aseguro y se queda pensativo por un momento.

—No me importa que duermas aquí. Puedes quedarte si te sientes mejor así. —Establecerme en su habitación es una tentación, pero también tengo que decir que dormir en un sofá por unos meses no es la mejor de las ideas para mi columna.

—Gracias, Joan. —No responde, solo se acerca a su closet y toma un traje de esos que utiliza para el trabajo.

—¿No vas a desayunar? —Me pregunta una vez que lo tiene todo listo para darse una ducha mañanera.

—Tu invitado es algo pesado. —Niego con la cabeza. Es muy temprano para aguantar las preguntas y desconfianzas de Will, cosa que aún no me cabe en la cabeza. ¡Que más le da si su amigo está casado con una chica que no conocía! No es que le tuviera que pedir permiso para tener una relación. Además, que no me da buena espina.

—No es tan malo como parece.

—¿En serio? Dime algo bueno que haya hecho. —Me siento en la cama cruzando los pies bajo las sábanas.

—Él ha intercedido por mí estos últimos meses en el trabajo para que no me despidieran. Supongo que le debo el no estar desempleado. —Se encoge de hombros con su confesión.

—Oh, no sabía. Por lo menos es buen amigo. —Mis últimas palabras salen a trompicones de mi boca. No siempre se me da bien admitir algo de lo que aún dudo.

—¿Qué harás hoy? —Me pregunta antes de cerrar la puerta y caminar hasta el baño.

—Quiero seguir conociendo la ciudad. Me quedan muchos lugares por visitar. —El asiente regalándome una sonrisa.

—Cuídate. —Iba a contestarle cuando mi teléfono móvil comienza a sonar indicando una llamada entrante, y él termina de desaparecer por completo de la habitación.

Me apresuro a atender y un grito de espanto casi me revienta el tímpano. Es Adele, mi editora, que se acaba de enterar de mi casamiento y de mi decisión de quedarme en la ciudad.

—Me alegro muchísimo por ti, y entiendo que estás de Luna de miel, pero, cariño, tenemos un calendario de lanzamiento y me prometiste que tu nuevo libro estaría listo dentro de dos meses, y ya han pasado 6 semanas, así que dame las mejores de las noticias y dime qué vas por el final.

—Voy por la mitad. —Le va a dar algo.

—¡Pero, Rose, tienes demasiado atraso! —Suelta otro grito de espanto y apuesto lo que sea que se lleva su mano al pecho.

—Lo lograré, no te preocupes. ¿Cuándo he fallado con la entrega?
—La tranquilizo.

—Nunca, pero ahora estás lejos y no puedo ir a tu casa para echarte una mano. —Adele es una buena amiga también, me ayudaba con los quehaceres de la casa para que yo pudiera terminar mis manuscritos la semana o el día antes de la entrega. Nunca he fallado, pero me ha costado noches sin dormir, y tardes enteras sentada frente al ordenador.

—Lo sé, lo sé, pero descuida, podré ingeniármelas. Esta noche retomo la escritura. —Anuncio y de decirlo en voz alta me siento emocionada. Hacía días que no me ponía a escribir.

—Está bien. —Suena más tranquila y tarda unos segundos en decir. —Rose, muchas felicidades por tu matrimonio. Eres muy buena persona, aunque es algo apresurado, merecías que alguien te eligiera de compañera de vida para siempre y estoy feliz de que lo hayas encontrado. —Casi me hecho a llorar y le cuento de mi descabellado plan para poder quedarme en los Estados Unidos, pero sus buenos deseos me emocionan tanto que no me atrevo. Ojalá fuera todo verdad, y no una gran mentira.

Capítulo 11

Una semana ha pasado desde que comenzamos a compartir habitación, y aún no me adapto a la idea de tenerlo tan cerca en las noches. Escribir ha sido mi escudo, mi escondite de amor. He logrado avanzar mucho con mi libro, y Joan, además de ser una distracción es un gran apoyo al tratar de hacer el menor ruido posible para que pueda estar cómoda. Mis planes de recorrer la ciudad los he tenido que aplazar y solo una noche pude ir a escuchar a Kelly cantar en la 5th Avenida. Para mi suerte Will no ha vuelto a casa, después del espectáculo de aquella noche se fue sin ninguna duda de que estábamos juntos o por lo menos eso es lo que creemos. Joan está muy animado, cada día se convence más de que podrá obtener ese ascenso que tanto desea, y yo estoy feliz por él. Alissa está en casa desde el viernes. Ha sido divertido tenerla cerca, he visto todas las películas de princesas de Disney e hicimos un picnic en el Central Park los tres juntos. Nunca me había imaginado inventándome cuentos para hacerla dormir, y cantando una nana desentonada para evitar que tenga pesadillas en la noche. Y Joan, es un padre excelente, preocupado y sobreprotector. Hicimos una video llamada con sus abuelos, y con Jess y Arthur que no dejaron de hacerle monerías a la nena, y reírse con sus ocurrencias. Las preguntas de qué tal está nuestro matrimonio no tardaron en aparecer, y ya debería estar adaptada a que nos tomemos de la mano, pero no lo estoy. Cada día me siento más nerviosa con su presencia, mi corazón pierde su ritmo cuando nos tocamos, y fingir se me hace más difícil.

Mañana tendremos el primer brunch del mes, y estoy muy emocionada, nunca he ido a uno. Ni siquiera sé cómo son. Dejaremos a Alessia en casa de su madre antes de encontrarnos con todos los compañeros de trabajo de Joan.

—¿Cómo debería vestirme? —Estamos los tres en la mesa del comedor cenando. Hoy ordenamos comida chatarra, hamburguesas y patatas fritas. Que conste que Joan no estaba de acuerdo, suele intentar preparar comida sana cuando Alissa está en casa, pero hoy hizo una excepción a petición de las dos.

—Cualquier cosa servirá. —Me confiesa mientras le da un mordisco a su cena.

—¿A cuantos has ido? —Le robo una patata frita de su plato y me intenta asesinar con la mirada, pero Alessia imita mis acciones y a Joan se ríe a carcajadas.

—He perdido la cuenta. —Le sonríe a la pequeña antes de decirle. —Rose no es buena influencia. Eso no se hace.

—Rosse, no sse hace. —La pequeña me mira con picardía y niega con el dedito. Es imposible no reír al verla, y escucharla arrastrar la ese.

—Lo siento. Es que las tuyas están mejores. —Me disculpo y él niega con la cabeza con su mítica sonrisa radiante. —Entonces, ¿hay algo que deba saber antes de ir a un brunch?

—Come todo lo que puedas y no hables demasiado del trabajo. —Limpia la cara de Alessia con una servilleta.

—Pero si solo irán personas de tu trabajo. No entiendo ¿de qué otra cosa pueden hablar? —No creo que vaya a ser tan divertido como creía. Aunque me encanta saber más sobre las personas, siempre me dan ideas para escribir.

—De la vida, de los niños, de muchas otras cosas. —Se encoge de hombros. Y yo le doy otro mordisco a mi hamburguesa.

—¿Tú que te pondrás? —Estoy tan indecisa con el atuendo.

—Unos jeans y una chaqueta. —Debora todas sus patatas fritas de un bocado.

—¿Podemos ir a juego? Del mismo color, digo. Siempre he visto a las parejas vestirse así. —Le pregunto ilusionada.

—No. —niega con la cabeza y antes de volver a mirarme dibuja una media sonrisa en su rostro. —Si te enfocas tanto en que las personas crean de que somos una pareja de verdad, se hace más evidente que no lo somos. —susurra para que Alessia no pueda escucharnos.

—Es cierto. —Me encojo de hombros. Odio cuando me recuerda que no somos más que dos amigos que decidieron casarse por diferentes propósitos.

—Todo estará bien, Rose. Yo estaré allí, no te dejaré sola.

—Rosse, papá te va a cuidar. —Las palabras de Alissa logran sonrojarme aún más de lo que las de su padre lo hicieron, y un silencio incómodo por parte de Joan logra terminar de herir mi corazón.

El sol se esconde detrás de las nubes y no creo que sea el día perfecto para salir de casa. Alessia me despierta jugando con mi cabello por la mañana. Joan debe de haberla sacado de su cuna, o su pequeña camita plegable, no estoy muy segura de lo que es. Él no está por toda la habitación, probablemente esté intentando no quemar la cocina. La pequeña y yo nos entretenemos mientras le enseño a dibujar, y le cuento que cada garabato tiene un alma y una historia. Que nada en la vida pasa por casualidad.

Joan aparece al poco rato, perfectamente arreglado y listo para marcharnos con un tazón de cereales con leche para su hija. Aprovecho que la niña desayune para tomar una ducha y prepararme, hoy más que nunca fingiremos nuestro matrimonio delante de toda una empresa.

Salimos de casa los tres con una sonrisa, Alissa con unos jeans y un abrigo de princesa. Y yo, al final me decidí por llevar un vestido de flores de mangas largas, y un largo por encima de las rodillas de color nudé. Hace algo de viento, típico del otoño, pero no me impide que luzca mi nuevo atuendo. Es la primera prenda que compré en New York, hace unos días, y moría de ganas por estrenarla.

El departamento de Hellen está a unas cuatro cuadras del nuestro, por lo que solo tardamos poco más de 20 minutos en dejar a Alessia y encaminarnos hasta nuestro destino.

Al ser domingo el metro no está tan lleno como imaginaba, y me alegra que sea así. Joan está más guapo que nunca, lleva una chaquetilla de mezclilla y unos jeans ajustados. Su cabello está perfectamente peinado, y sus ojos rehuyen mi mirada desde ayer en la noche.

—¿Estamos bien? —Le pregunto antes de entrar a casa de su jefe. Una mansión en el centro de Brooklyn que desprende elegancia y lujos por doquier.

—Sí. —Se muerde el labio inferior y sigue sin mirarme a la cara.

—Vale. —Me toma de la mano, y llegamos a creernos nuestra propia mentira. Algo anda mal.

Un señor de unos 50 años, bajito, de cabello blanco y bronceado artificial nos recibe con una sonrisa. No duda en darle una palmadita en la espalda a Joan, y en decirle lo feliz que está de verlo nuevamente en sus brunchs. Sus elogios logran sonrojarme, y la admiración que profesa por mi esposo (como lo llama) me sorprende.

—Gracias a las ideas emprendedoras de este muchacho he logrado mantener mi empresa a flote. Tiene un talento innato para el mundo de los negocios. —La presencia mía y de Joan en el hermoso jardín de la mansión del señor Hunt molesta a más de uno. Claro está por los rostros de sus compañeros, que Joan es un contrincante fuerte para recibir ese ascenso.

—Exagera, señor Hunt. —Las mejillas de mi acompañante se tornan de un color carmesí, y sus ojos esmeraldas brillan con gran intensidad.

—Me alegra que haya rehecho su vida amorosa. Te noto reluciente, sin dudas esta joven escritora ha cautivado tu corazón para bien.

—Me tenso al escuchar sus palabras ¿Cómo sabe que soy escritora?

—Sí... —Joan trata de decir algo.

—¡Joan, Rose! Que bueno verlos. —Esa voz, uf. Solo puede tratarse de Will. No se ha dado cuenta de su interrupción y mucho menos de la cara de espanto con lo que lo mira su jefe.

—Hola, Will. —No me queda otro remedio que saludarlo con una falsa sonrisa. Y él tampoco tiene otra opción.

—Chicos disfruten de la estancia. Cualquier cosa que necesiten, no duden en llamarme. —El señor Hunt se despide tratando de evitar implantar una conversación con el amigo de Joan. Al parecer a él tampoco le cae muy bien.

—¿Ya probaron los dulces? Están exquisitos. —Nunca creí que de la boca de Will saldría algo interesante. Joan le responde y juntos nos dirigimos hasta las diferentes mesas donde se encuentra el bufet. Hay tantas variedades de comidas que no tengo ni idea de que escoger. Joan se adelanta para elegir un sitio en donde podamos sentarnos porque son muy escasos, mientras que yo lleno mi plato de panecillos y mermeladas. Will a mi lado no deja de parlotear sobre su maravilloso fin de semana, y de vez en cuando cuenta unos chistes poco graciosos que me obligan a sonreír aún más.

—Algo me dice que Joan sigue enamorado de Hellen. —Casi dejo caer al suelo mi comida por su cambio de tema repentino.

—¿Qué te hace pensar eso, Will? —Lo encaro enojada. ¿Cómo se atreve a decirme algo así?

—Por favor. —bufa.— Se casaron de la noche a la mañana, alguna razón tiene que haber para eso. Además, llevaba meses sufriendo por su divorcio, de repente llegaste tú y ya se olvido de todo tan rápido. —Arquea una ceja y se acerca a mí en tono amenazante, pero si piensa que con eso me va a intimidar está muy equivocado.

—No me importa lo que creas, si Joan se casó conmigo fue por amor. ¿No se supone que eres su amigo? Deberías estar feliz por él. —Busco a Joan con la mirada pero no lo encuentro por ninguna parte.

—Y lo estoy, pero me da pena que te utilice como objeto. No te mereces eso. —Sus ojos negros están puestos en mí y lo único que puedo ver en ellos es pura maldad. Me molestan tanto sus palabras que tengo que contenerme para no lanzarle mi desayuno.

—Preocúpate de tus propios asuntos, Will. No me molestes con tus tonterías. —Me alejo de él temblando de rabia, que lástima que no pueda armar un escándalo porque es justo lo que se merece ese idiota. «¿Pero quién se ha creído que es?» Tanto interés en la vida de Joan solo puede significar una cosa. «Le gusta.» «¿Será?» Es la única explicación que encuentro. Volteo la cabeza hacia atrás y verifico que sigue mirándome, retándome a algo que no logro entender. Los chicos también se vuelven locos por amor. Quizá creyó que tras el divorcio con Hellen él podría tener posibilidades con Joan y no se esperaba que yo entrara en competencia.

Sigo caminando sin sentido, «¿Dónde diablos está Joan?» ¿Debería contarle de mi discusión con Will? Aunque no sería bueno que le comunicara mis teorías si aún no estoy segura de que sean ciertas. «Te odio, Will.» Por enamorarte de Joan y por todo lo que me dijiste.

—¡Rose! —Oigo que mi esposo me llama «que raro suena eso». Lo escucho muy cerca, hay mesas y sillas por doquier pero no conozco a nadie. No lo veo. Un señor bajito y corpulento pasa por el frente de mí con velocidad y casi hace que vierta todo el contenido de mi plato en mi vestido. Me tambaleo hacia atrás tratando de mantener el equilibrio y esquivar la comida que amenaza con caer al suelo. Tropiezo con lo que creo es el borde de una silla y caigo sentada... en el regazo de alguien.

—¡Maravilloso! —Siento aplausos. —Joan, tú sí que sabes cómo rescatar a una chica de una tragedia de suciedad. —El señor Hunt y una mujer elegante están frente a mí y por más que quiero moverme e incorporarme no puedo, y es cuando me doy cuenta que Joan sostiene el costado de mi cuerpo contra el suyo. «Es Joan» Estoy sentada en su regazo. «Que vergüenza delante de todos.»

—¿Estás bien? —Me pregunta y ni siquiera puedo verle a la cara. Es tan alto que mi cabeza queda a la altura de su cuello, asiento nerviosa y lo escucho suspirar. Un extenso rubor adorna mi cuerpo, y no sé si es el viento o su contacto el que eriza mi piel. Escondo mi rostro en su pecho avergonzada y tiemblo sobre él. No fue buena idea lo de venir a los brunch. —Quieres... —Traga saliva nervioso.— Hay más asientos vacíos. —susurra y casi inmediatamente me levanto apenada. Es probable que no exista persona en el jardín que no pueda escuchar los latidos de mi corazón desesperado. De todos los sitios en los que podía caer, ¿tenía que ser justo en el regazo de Joan?

—Gracias. Yo traía mi desayuno, pero creo que lo perdí. —Creo, no. Es un hecho. Todos mis panecillos y mermeladas están en el césped.

—Puedes acomodarte tranquila. El señor Hunt nos ha ofrecido su mesa para que lo acompañemos. Yo iré a buscarte más de eso... —Señala la comida en el suelo, la que al poco rato una empleada recoge y yo insisto en ayudar. Joan se marcha con el rostro enrojecido, y esquivando nuevamente mi mirada. Estos últimos dos días está más raro que nunca.

—Que suerte que Joan es muy ágil, es un buen chico. —Me confiesa el señor Hunt. —Te presento, esta es mi esposa Mila. —Una mujer de mediana edad, rubia y con aires de nobleza me saluda con cordial elegancia. Por su acento sé que también es Inglesa, y no dudo en preguntarle sobre la historia que la llevó a quedarse definitivamente en New York. «Inspiración» es lo que encontré en su relato. Un amor que surgió de unas vacaciones de verano, y aún recorre las carreteras de la ciudad. De las que guardan los libros de romance, esas que son para toda la vida.

La mañana fue agradable pese a todo el espectáculo ocurrido. Pero la distancia de Joan comienza a preocuparme y más aún cuando salimos de la mansión del señor Hunt, y no quiere dirigirme la palabra.

La lluvia nos sorprende y con ella florecen los amores del pasado.

Capítulo 12

El perfume de la lluvia de la tarde; una mirada indiscreta, el rozarnos las manos en el metro y una sonrisa mítica con sabor a caramelo bastan para convencerme de que estoy loca por él. Aunque eso ya lo sé.

Estamos empapados. Por más que quisimos evitar que la lluvia nos alcanzara antes de llegar a la estación, fue imposible. Mi vestido se ha ajustado a mi cuerpo con cierto descaro y trato de despegar la tela que se ha adherido a mi piel, pero no sirve de nada. Joan me observa inquieto, no dice ni una palabra, y eso me molesta. Lleva todo el viaje en silencio y sé que él no es así. Algo le sucede. Se quita su chaqueta para ayudarme a cubrir las transparencias de mi prenda de vestir y aunque está mojada y pesa el doble de mi cuerpo se lo agradezco, no quería parecer una exhibicionista en New York.

—Gracias, Joan. —Me agarro fuerte de la barandilla del metro y me acerco más a él. —¿Estás bien? Sé que ya te lo he preguntado miles de veces hoy, pero es que estoy esperando a que me digas la verdad.

—Estoy bien. —responde con tono cansado.

—No es cierto.

—Son cosas mías, Rose. —se rasca la nuca con una mano.

—Cuéntame esas cosas tuyas. —insisto y esta vez me fulmina con la mirada.

—Son del trabajo. —vuelve a mentir y lo sé porque se pone más nervioso de lo normal al contestar.

—Joan, ¿Tan malo es?

—¿El qué? —arquea una de sus cejas, y noto que por la lluvia sus largas pestañas se han juntado haciendo resaltar incluso más el verde de sus ojos.

—Lo que te pasa. —No pienso parar hasta averiguar qué es.

—No es malo, es que no sé cómo decirlo. —Se rasca su nuca con una mano y yo me atrevo a no apartar mi mirada de sus ojos. Nuestras manos se rozan en la barandilla y no pienso alejar la mía de la suya. Me conformo con estos simples contactos que logran hacer que mi desesperado corazón lata con más fuerza que nunca. —Hace años que no pensaba en eso y sé que te debo una explicación. —¿A qué se refiere?

—¿Es por mi culpa que estás tan callado? Joan, si soy muy molesta puedes decirlo. Nos tenemos confianza ¿no? —Asiente con la cabeza y se le dibuja una sonrisa que parece más bien una mueca en el rostro al ver mi reacción.

—Llevo días pensando en algo que sucedió hace mucho tiempo y que nunca te he podido confesar. Pero también creo que están pasando otras cosas entre nosotros. —Está sonrojado, y los nervios comienzan a poseer mi cuerpo. ¿Hablará de aquella noche? ¿Me confesará su amor?

—Habla, Joan. —lo animo.

—Te mentí una vez en el pasado. Y solo quiero contarte esto porque necesito pasar página de una vez. No quiero pensar en lo que podría haber sido. Al final yo estoy aquí, y mi vida está bien, lejos de cualquier relación amorosa. A pesar de esta mentira. —Por un momento creí que sus palabras se convertirían en una confesión de amor, pero terminaron rompiendo mi alma y mis esperanzas de llegar a algo con él. Me mantuve fuerte con la mirada firme, y me dediqué a encontrar las pepitas doradas que escondían el iris de sus ojos. He perdido la cuenta de los segundos que han pasado, pero sus palabras me las sé de memoria y no quiero escucharlas a menos que diga que aún me quiere.

—¿Y? —Tuve que disimular mi voz rota. ¿Justo ahora quiere hablar? Ya no tengo ganas de escucharlo.

—Yo si estuve en las gradas esa noche, y estoy bastante seguro de que soy el chico al que besaste creyendo que era Jake. —Le tiembla el labio inferior, y estudia mi rostro inexpresivo.

—Ya lo sabía. —respondo con sequedad. Después de todo solo se quiere desahogar.

—¿Lo sabías? ¿Y por qué no dijiste nada? —Se inclina para quedar a mi altura, no sé quién está más decepcionado con mis palabras si él o yo por las suyas.

—Porque si tú te empeñabas en negarlo, ¿para qué volver a sacar el tema? —Me encojo de hombros y lo veo tensarse.

—Lo negué porque esa noche pasé la mayor vergüenza de mi vida, Rose.

—Joan, no entiendo porqué me hablas de esto ahora, ¿que cambia que yo lo sepa o no? Si tú quieres estar solo. —Llegamos a Manhattan y agradezco que esta sea nuestra parada. Salgo del metro sin esperarlo, aún llueve, pero poco me importa. Tengo peores cosas de que preocuparme.

—Creí que te gustaría saber quién era aquel chico. Y creo también que estás confundiendo las cosas, tengo la impresión de que te gusto, Rose. Y Es mejor que dejemos claro que no estoy preparado para tener una relación con nadie. —Me sigue casi pisándome los talones y yo me detengo en seco. No me puedo creer que me esté diciendo estas cosas.

—En su momento sí quise saberlo, ahora poco importa. Y Joan, que me comporte de forma cariñosa contigo no significa que esté enamorada de ti. —Son tan duras mis palabras que hasta él se detiene para procesarlas. —Una pregunta ¿De verdad te quieres quedar solo?

—Lo encaro, no entiendo porqué se hace esto así mismo, por qué no se da la oportunidad de amar, pero lo que menos entiendo es que sea tan cruel conmigo, y rompa mi corazón de esa forma.

—Sí. —susurra, y yo camino en dirección contraria a nuestro apartamento.

—¿A dónde vas, Rose? —Me pregunta tomándome del brazo.

—Kelly me pidió que la acompañara a hacer unas compras. —miento descaradamente para alejarme de él.

—Cuídate, vale.

—Tú también, Joan.

Ni siquiera estoy segura si me encuentro en el Upper West Side, solo sé que necesito hablar con alguien. Saco mi teléfono y llamo a mi única amiga en la ciudad. Afortunadamente Kelly está bastante cerca. La Gran Central es su escenario de los domingos, y para mí, que aún no he tenido la oportunidad de conocer la famosa estación es una pequeña luz en este momento de desamor que estoy experimentando. Tomo un taxi y voy al encuentro de mi amiga.

¿Llorar? Ganas no me faltan, pero no me lo permito. Yo lo sabía, lo supe todo el tiempo, y en parte Will tenía razón. Era imposible que él sintiera algo por mí de la noche a la mañana, sin importar los sentimientos pasados que un día compartimos. Puede que haya malinterpretado algunas de sus acciones o que me ilusionara pensando que lo nuestro no sería diferente a las historias de amor de las películas.

Salgo del taxi ajustándome su chaqueta de mezclilla. Huele a él a pesar de estar mojada, y por un momento siento el impulso de abrazarme a ella y no dejarla ir, aunque sé que cuando llegue a casa tendré que devolvérsela. La lluvia no ha cesado, y por el color del cielo no creo que lo haga en toda la tarde. Es probable que pesque un resfriado si me mantengo mucho tiempo con esta ropa, pero necesito despejar mi mente, y dejar de pensar en él.

La terminal impone grandeza y perfección. Es de los escenarios más utilizados por los filmes americanos, y de los más impresionantes sin dudas. El ambiente nuevo, el sueño cumplido de estar aquí, y los suspiros de un corazón partido erizan mi piel. Siempre he sido muy mística con estas cosas de la astrología, y ver la bóveda del techo que representa un cielo estrellado, y el zodíaco dibujado, me transmiten la mejores de las energías, y me relajan, me gritan que New York no es una ciudad para estar triste y que el tiempo no se detiene por un mal de amores. Que quizás él no es el indicado como yo tanto creía.

Kelly viene a mi encuentro cargando su teclado. Habíamos quedado vernos justo en frente del famoso reloj que se encuentra encima del punto de información del vestíbulo principal. El que tantas veces he visto por la televisión.

—No traes buena cara. —Se encoge de hombros antes de darme un abrazo. —¿Cuánto tiempo has estado bajo la lluvia?

—Solo un poco. —susurro, y tomo una bocanada de aire. —No he tendido un buen día.

—Me imagino, salgamos de aquí. —Afortunadamente Kelly tiene un paraguas. Me guía hasta las afueras de la terminal. Cerca hay un pequeño café, que según mi amiga, es el mejor del mundo. Nos acomodamos en una pequeña mesa en la esquina, donde nadie pueda escucharnos. No parece que vaya a terminar de llover nunca y por más incómodo que me parezca ya me he hecho la idea de que así sea.

—¿Qué ha pasado? —Kelly me toma de las manos para darme su apoyo.

—Joan cree que estoy enamorada de él. —Ahogo un suspiro y me miro la punta de los pies.

—¿Y no lo estás?

—Sí, estoy enamorada, pero no quería que lo supiera. —le confieso encogiéndome de hombros.

—¿Y él que te dijo? —Kelly está intrigada.

—Lo de siempre, que no quiere involucrarse con nadie. —Sus palabras aún resuenan en mi mente y en mi corazón.

—Lo siento, Rose. —Nos quedamos en silencio por unos instantes hasta que me atrevo a decir.

—Puede que se vuelvan incluso más incómodas las cosas para nosotros ahora, es mejor que me mude a otro apartamento.

—No, no puedes hacer eso. Recuerda que están fingiendo un matrimonio ante el gobierno. Rose, te aprecio demasiado como para querer verte en la cárcel. Debes aguantar un poco. Sé muy bien que en los temas del corazón no podemos intervenir, pero necesitas estar en esa casa, por tu bien, y por el de él. —Ella tiene razón, no puedo arriesgarnos. Jamás me perdonaría el hacerle ese daño a Joan, después del sacrificio que él ha tenido que hacer para que yo pueda obtener mi ciudadanía.

—Creo que entonces es mejor que vuelva a Londres. —Tengo que encontrar alguna solución.

—Rose, no te quedaste en New York por Joan, te quedaste porque te enamoraste de la ciudad. No renuncies a tus sueños por alguien. —Kelly me obliga a mirarla a los ojos. — Esto pasará, quizá conozcas a alguien, y te olvides de él. Joan no es el único hombre en el mundo.

—Pero, Kelly. —vuelvo a suspirar. —Joan y yo tenemos historia. Somos almas gemelas. Nunca encontraré a nadie como él.

—La vida da muchas vueltas, Rose. Todo es posible. Solo no puedes tomar decisiones con el corazón hecho pedazos.

Las palabras de Kelly no me convencen, por más que estuvieran cargadas de buenas intenciones. Joan es mi amigo. Pero mis sentimientos por él son más fuertes que nuestra amistad, y tenerlo cerca es casi una tortura para mí. Cargada de nervios y a punto de romperme, vuelvo a casa, y en el instante antes de abrir la puerta mi teléfono suena.

«Es él» ¿Habrá cambiado de idea? En cualquier caso yo le mentí diciéndole que no estaba enamorada. Pero todavía estoy a tiempo de retirar lo dicho y lanzarme a sus brazos.

Colmada de temores respondo, y sus noticas no son tan buenas como creía. Nos vamos de viaje, en compañía de su jefe y la esposa de este. Tres días de auténtica tortura a su lado.

Capítulo 13

«Somos muy afortunados» son las palabras de Joan, pero incluso a él le cuesta creerlas.

Su jefe cerrará un nuevo contrato con un hotel rural cerca de Orchard Beach. La empresa para la que Joan trabaja vende y realiza artículos de todo tipo referente a las comodidades de un hogar. Muebles, camas, colchones, sofás... y sus principales clientes por lo general son los grandes hoteles de la ciudad, según me contó Joan. La razón de su invitación es muy simple, Mila, la esposa del señor Hunt disfrutó mucho de mi compañía en el brunch y se le ocurrió la maravillosa idea de que los acompañáramos.

Se supone que debo estar emocionada, pero no puedo. Joan está en la cocina preparando algo que si mi olfato no falla, huele fatal. La única justificación que encontré para no tener que hablar con él por más de unos minutos es que necesito ponerme a escribir, cosa que es cierto.

—¿Quieres más salsa? —Me pregunta buscando mi mirada pero yo niego con la cabeza. No está tan mala como pensé que quedaría.

—¿Kelly y tú pudieron ir de compras?

—Sí. —Insiste en entablar una conversación conmigo porque sabe que las cosas entre nosotros hoy más que nunca no están bien.

—¿Ya preparaste la maleta para el viaje?

—No, lo haré después de cenar. —Me encojo de hombros. Solo he tenido tiempo de cambiarme la ropa mojada y darme una ducha caliente.

—¿Quieres ver una película más tarde? —Realmente intenta que las cosas sean como antes, pero por más que trate de evitarlo sus palabras siguen incrustadas en mi mente.

—No. Necesito aprovechar todo el tiempo libre que tenga para escribir. Mi editora se volverá loca si le digo que aún no he terminado el libro. —En parte todo lo que le cuento es verdad. Pero ver una película juntos es un plan que nunca rechazaría.

—Rose, lamento haber equivocado las cosas, sé que me comporté como un idiota y creí que tú... bueno, que malinterpreté tus acciones. Después de llegar a casa me di cuenta. —Para mi suerte la humillación no es mayor, después de todo se creyó que yo no estoy interesada en él.

—No pasa nada.

—Tengo mucho que agradecerte. Si no fuera por ti mi jefe nunca me tomaría en cuenta para este viaje. —Sigue mirándome, lo sé porque no puedo dejar de sentir la presión sobre mí.

—Yo no hice nada, el señor Hunt dejó bastante claro en el brunch lo mucho que te aprecia. Estoy segura de que ese ascenso es tuyo. —le confieso mis impresiones y verdaderamente espero que logre ese propósito por el que se casó conmigo.

—En el caso que así fuera nunca antes había invitado a ninguno de sus trabajadores a un viaje así y menos con su familia. Eso te lo debo a ti. —Siento su pierna nerviosa moverse debajo de la mesa y por un momento quiero pedirle que pare, que me desconcentra y que estoy tratando de no pensar en él.

Terminamos de comer en silencio, sin nada que decirnos. Más de una vez pedí en mi mente haber pescado un resfriado y así tener alguna excusa para no tener que ir al viaje, pero al parecer soy como un roble, hace años no me enfermo. Luego de preparar mis cosas de mala gana, me quedo escribiendo en el comedor mientras que Joan se encierra en la habitación. Pierdo la noción del tiempo y me enfoco solamente en mi libro. El dolor en el corazón no hace más que darme fuerzas para que mis palabras cobren vida y llegar casi al final de mi obra.

—¿No vienes a dormir? —Me asusto al ver a Joan a mi lado, parece cansado y su cabello está muy despeinado. No tengo ni idea de qué hora es. Pero la oscuridad en la casa es evidente y la luz del ordenador ya no es suficiente.

—No, prefiero quedarme a terminar esto. —Señalo el aparato, y fijo mi vista en la pantalla nuevamente.

—Estarás muy cansada mañana. Venga, Rose, son las tres de la madrugada. —Posa su mano en mi hombro y ese simple contacto me hace estremecer. ¿Cómo le digo que quiero dormir en el sofá?

—Estoy bien, Joan. No te preocupes, aún puedo aguantar por un poco más de tiempo.

—Te voy a esperar. —aparta una silla y se sienta frente a mí con los brazos cruzados.

—No hace falta. Puedes irte. —Si se queda nunca podré terminar, me desconcentra demasiado.

—Prométeme que dormirás en nuestra habitación. —«Nuestra habitación» por culpa de estas cosas me confundo. No puede decirme que no quiere involucrarse con nadie y luego soltarme esto.

—Es mejor que tengas tu espacio. —Sigo escribiendo o tratando de hacerlo.

—Yo no te dije nada sobre querer espacio, Rose. —responde con suavidad, y a pesar de la oscuridad del comedor puedo verlo fruncir el ceño.

—Es mejor que sea así para evitar mal entendidos. —Por el bien de mi alma enamorada.

—Mañana no habrá un sofá en nuestra habitación de hotel. —confiesa y me pone aún más de los nervios. —Estábamos bien antes de que yo empezara a ver fantasmas donde no los había. Volvamos a lo que éramos. —Se acerca más a mí, y apoya su mano sobre la mía para que deje de escribir. Mi corazón se dispara pero trato de mantener la compostura.

—Iré dentro de un momento. —susurro, antes de apartar mi mano de la suya.

Se marcha confiando en mi palabra y yo realmente cumplo al cabo de unos minutos. Superada por el cansancio me quedo dormida dándole la espalda al chico que esta tarde rompió mi corazón.

Orchard Beach es de las playas neoyorquinas más conocidas y hermosas. En poco más de media hora ya estamos disfrutando de la brisa del mar. Se acerca acción de gracias y la temperatura es menor a 21° C, no es el tiempo perfecto para bañarse en la playa, pero el sol es lo suficientemente agradable como para broncearse.

La habitación del hotel es preciosa, y Joan tenía razón, no hay ningún sofá. Las cortinas blancas y el papel tapiz floreado de las paredes es majestuoso y la elegancia y el buen gusto del diseñador se hace notar. El Orchard Hotel* es sin dudas uno de los sitios más lujosos que he visitado. Un empleado toca a nuestra puerta y nos regala a Joan y a mí con un ramo rosas rojas.

—Hemos recibido información de que hace muy poco que se han unido en matrimonio, de parte de todos los representantes del hotel le deseamos la mejor de las suertes en su vida matrimonial e infinito amor. Que pasen una linda estancia y la vivan como una Luna de Miel. —El chico es encantador y sus palabras me llegan al corazón. Pobre, si supiera la verdad.

—Muchas gracias. —Joan le agradece sonrojado, y me ofrece las flores con cierta inquietud.

—¿Quién les habrá dicho de nuestra boda? —Le pregunto.

—Lo más probable que haya sido el señor Hunt y Mila. —Se encoge de hombros. —Ya me voy, nos vemos esta tarde, vale. —Me regala una sonrisa y se marcha. Su jefe y él tendrán que hacer algunas gestiones antes de que puedan disfrutar de las comodidades del hotel. No estoy muy segura de lo que harán, solo sé que Mila y yo tendremos el día para nosotras solas.

La habitación de al lado es la de nuestros acompañantes. Después de cambiarme de ropa y ponerme mi bañador, salgo en busca de mi nueva amiga para juntas conocer los alrededores del lugar.

Los food truck* no escasean, y los vendedores ambulantes tampoco. La perfecta alineación de las sombrillas clavadas en la arena y las tumbonas para tomar al sol nos tientan. Al ser lunes no hay tantas personas como había imaginado, y me alegra que así sea. Hoy solo los turistas disfrutamos de la playa.

—He comprado tu libro. —Mila y yo nos sentamos en las casillas asignadas por habitación. Una de las ventajas del hotel es que tienes tu espacio reservado, y eso nos facilita el trabajo. Me tenso al escucharla. «Dios, que pensará de mí después de que lo lea.» No quiero condicionarla a que me diga que le gusta sin que sea cierto. Por eso odio que las personas que me conocen lean mis obras.

—¿Sí? —No sé ni qué decir. Mila debe de tener la edad de mi madre, si es que mi ojo clínico no me falla, pero se mantiene en buena forma. También al no haber tenido hijos su cuerpo no ha sufrido cambios drásticos.

—Por tu expresión creo que no ha sido buena idea. —Fija su mirada en mí y no puedo evitar tensarme. Nos conocemos de una tarde, pero tengo la sensación que en otra vida nos debimos de encontrar porque la confianza que me profesa es admirable.

—No es eso, es que si no te gusta sentiré que te he decepcionado. —le confieso.

—Tonterías, si ya estoy enganchada a él, voy por la mitad. Lo he traído para leer un poco mientras tomamos el sol. También traje uno para ti. —Saca ambos libros de su bolso de playa, y me entrega el mío de nombre "La sangre de los cisnes" y según dice en la portada Riley Novak es su autora. Me gusta, me parece todo un misterio.

Mila se recuesta en su tumbona y se despoja de la parte superior de su bañador dejando a la vista sus atributos femeninos. Me quedo sorprendida, de todas las cosas que me imaginé haciendo con Mila hoy, toples* no fue una de ellas.

—¿Qué pasa, querida? ¿Nunca has pintado el lienzo de tu cuerpo completo? —Me pregunta de forma natural como si fuera la cosa más normal del mundo, y que lo es, pero me cuesta aceptarlo.

—Creo que siempre he pintado mi lienzo mal. —Le respondo con una sonrisa.

—No hay mejor manera de estar en la playa que leyendo un buen libro y sintiéndote totalmente libre con tu cuerpo. Inténtalo, te aseguro que no te arrepentirás. —Me hecho a reír de los nervios pero no lo pienso dos veces. Adiós al miedo y al pudor, y a todo lo que eso conlleva.

«Libre» es sin dudas la palabra indicada y por primera vez desde lo ocurrido con Joan trato de divertirme y sentirme tentada a hacer algo que definitivamente me hace feliz. Dejo que el sol pinte mi cuerpo completo, y haga de él el más colorido de los cuadros. Me sumerjo en las páginas de un libro, y tiemblo de emoción por las palabras. Es una tarde preciosa en New York y tengo que decir que de todas las cosas que amo de esta ciudad, la libertad es la primera en la lista.

Disfruto del sol con los ojos cerrados, Mila y yo hemos estado hablando de arte y de nuestras vidas anteriores en Londres, me cuenta que es fotógrafa y que de vez en cuando le gusta leerle a las personas el destino a través de las hojas del té. Me promete que un día me leerá las mías y me enseñará su estudio. Pierdo la noción del tiempo y dejo mi mente en blanco por primera vez en mi vida.

—¿Rose? —Casi me caigo de la tumbona al escuchar mi nombre. No puede ser. ¿No iba a trabajar? Abro los ojos inmediatamente y nuestras miradas se encuentran. Nunca lo había visto tan sonrojado, y su cara de sorpresa dice más de lo que quisiera.

—¿Qué haces aquí? —corro a buscar la parte de arriba de mi bañador y las palabras de Mila resuenan en mi mente. «No te vas a arrepentir.» Pues ya me estoy arrepintiendo.

—Querido, que bueno que ya estás aquí. —Saluda mi amiga a su esposo con un beso en los labios y me doy cuenta que ni siquiera se molesta en cubrirse, al contrario de mí que aún estoy buscando mi prenda. «¿Dónde diablos está? Por Dios, aparece.

—Terminamos de trabajar temprano. —No sé si me está mirando o no, porque ahora mismo le estoy dando la espalda y no pretendo voltearme hasta que encuentre algo con lo que cubrirme. «El libro» el libro es mi aliado. "La sangre de los cisnes" cubre mi pecho desnudo y no puedo estar más agradecida.

—Que bien. —Jadeo por los nervios, tengo la boca seca y las ganas de salir corriendo me invaden.

—Rose, querida, estás arruinando tu lienzo. —Por un momento creo que Mila está bromeando pero no, lo dice en serio.

—Ya creo que estoy lo suficientemente bronceada. —Ni loca vuelvo a apartarme de este libro.

—¿Ya se pusieron protector solar? —El señor Hunt se apoya en la tumbona de su esposa y saca un bote de crema.

—¡Oh, lo olvidamos, querida! —Mila se lleva las manos a la cabeza, y me mira con espanto. Joan juega con la arena a sus pies, y evita mirar a toda costa a mi amiga por su desnudo. Me hace gracia, pero estoy tan avergonzada porque haya visto el mío que no puedo concentrarme en otra cosa.

—Sí. —me encojo de hombros antes de preguntar. —¿Alguien ha visto mi bañador? —«Que vergüenza por Dios» No puedo volver al hotel escondiendo mis pechos con un libro.

—Debe de andar por ahí, después lo buscaremos, querida. Joan, toma el protector y ponle un poco a mi Rose en la espalda que esa piel linda y suave no dura para siempre. —Está claro que Mila me tiene cariño, y sus palabras están cargadas de buenas intenciones pero ahora mismo me va dar un ataque si Joan hace lo que ella le pide.

—No, no, no hace falta. —Me tiembla la voz, y me sonrojo tanto que me arden las mejillas.

—Rose, el protector solar evita el cáncer de piel, es necesario aplicarlo en buenas cantidades. —Me explica el señor Hunt mientras él llena su mano de la crema y la unta sobre la espalda de su esposa.

—Joan, puedes utilizar todo el que quieras. —Mila le acerca el protector y él se voltea para mirarme con cara de confusión. Suspiro derrotada «Esto va a ser muy incómodo.» Me acomodo en la tumbona frente a él apretando el libro contra mi pecho. Aún no me ha tocado y ya estoy temblando de los nervios.

Joan se rasca la garganta con un gesto exagerado y yo enderezo mi columna para no hacerle el trabajo tan difícil. Mi respiración se entrecorta cuando siente el primer contacto y mi corazón lucha por escaparse de mi pecho. Sus manos son cálidas, suaves, y grandes. Se mueven con destreza por mi piel como si la conociera de memoria, y la electricidad que solo he experimentado cuando lo beso vuelve a aparecer, incluso con mayor intensidad que las veces anteriores. Recorre mi torso con alma de escultor, rediseñando mi figura con sus manos y roza cada perfecta imperfección de mi ser. Es un placer desconocido, una especie de seducción muda, cuando la química y la física crean la maravillosa ciencia del amor. Se detiene en seco, no sé cuánto tiempo han estado sus manos sobre mí, pero me sabe a poco y quiero encontrar cualquier excusa para que lo vuelva a hacer.

—¿Este no es tu bañador? —Me giro rápidamente al escucharlo y como yo, sus mejillas están del color del fuego. Recoge la prenda del suelo y la estudia con detenimiento. —Es bonito. —Me regala la más hermosa de las sonrisas.

Nota: El Orchard Hotel: No existe. Me lo he inventado.

Topless: Forma de vestir de una mujer que, en público, va desnuda de cintura para arriba, en especial la de algunas mujeres en las playas.

Capítulo 14

L a buena noticia es que apareció mi prenda perdida, ahora la parte mala de todo esto es ¿cómo me la pongo sin tener que quitarme el libro de los pechos? «Dios, justamente hoy no soy tu humana favorita.»

—Déjame que te ayude. —Joan aún está sonrojado, pero se toma muy en serio lo del papel de esposo amable, cosa que no pasa desapercibida ante los ojos de nuestros acompañantes. Estuve a punto de negarme, pero sería extraño de mi parte hacerlo, considerando que estamos fingiendo ser un matrimonio. En los últimos minutos he experimentado tres tipos de estados de ánimos a causa de él, y por lo visto este cúmulo de sentimientos no cesará.

Joan pasa sobre mi cabeza el bañador y trata de ajustarlo a mi cuerpo antes de que yo deje el libro caer. Siento su respiración en mi nuca, y tengo la sensación de que perderé la razón en cualquier momento. Nunca antes habíamos tenido tanto contacto, o por lo menos no tan íntimo como en los últimos minutos. Sus dedos rozan intencionalmente la parte del medio de mi espalda al enlazar las dos tiras de la pieza, y rezo para que no note como se eriza mi piel por su culpa. Mi respiración entrecortada me delata y temblar por los nervios evidencia cuanto me estoy conteniendo para no lanzarme a sus brazos y besarlo.

—Ya. —La voz de Joan es ronca y por un momento la considero seductora, ¿causaré yo el mismo efecto que él tiene en mí? Probablemente la respuesta sea no. Después de lo de ayer, no sé cómo aún tengo esperanzas.

—Te veías mejor sin eso puesto. —Mila señala mi bañador, y yo me muerdo el labio inferior como si así impidiera que mis mejillas ardan. La admiro por ser tan segura de sí misma y mostrarse tal como es, pero yo no podría, no con Joan cerca siendo mi amigo. Si no estuviera enamorada de él, no habría nada que me detuviera.

—Cariño, Rose está cohibida por mi presencia. —comenta el señor Hunt regalándome una sonrisa amable y salvándome de las ideas de su esposa.

—La desnudez es algo hermoso y natural, no hay porqué sentirse avergonzado. —Mila comienza con su charla motivadora, pero no puedo prestarle atención porque recuerdo que Joan sigue detrás de mí en la tumbona, y aunque no nos estamos tocando una energía arrolladora lucha para que me acerque más él. —Joan, tú también deberías quitarte esa camiseta, así a lo mejor Rose se anima a seguir pintando su lienzo. —Sin dudas mi amiga no eligió la profesión adecuada, ser pintora le viene como anillo al dedo.

—Quiero dar un paseo por la playa con mi esposa, espero nos puedan perdonar por unos instantes. Mila, en cuanto regresemos me dedicaré todo el tiempo a pintar mi lienzo. —Joan no deja de sonreír, pero lo noto inquieto. Sus palabras me emocionan, ¡quiere dar un paseo conmigo! Aunque estos últimos días hemos estado distanciados, me moría de ganas de que empezáramos a tratarnos como antes, sin miedo a lo que pudiéramos pensar, sin crear esos malos entendidos que en mi caso no lo son tanto. Pero eso él no lo sabe.

—Sí, disfruten, chicos. A nosotros también nos viene bien estar un rato solos. —comenta el señor Hunt con cierta picardía mirando a Mila.

Joan se levanta de la tumbona con rapidez y me ofrece su mano para que lo acompañe. Es como si al igual que yo ahora buscara cualquier pretexto para tener contacto, aunque ese es solo mi parecer. Caminamos en silencio por la playa, sintiendo la suavidad de la arena en nuestros pies, su mano sostiene la mía con delicadeza dándome la impresión de que tiene incluso miedo de hacerme daño, y eso me obliga a aferrarme más a la suya, haciéndole entender que soy más fuerte de lo que cree. Nos entendemos sin palabras, sin necesidad de mirarnos a los ojos o leer nuestras mentes, estamos compenetrados y sé que lo que está sucediendo entre nosotros no es ajeno a él. Joan sabe que somos más que amigos, sin importar lo que digamos, sin importar cuanto lo neguemos, tenemos algo que no logramos entender.

—Creo que tienes que agradecerme. —Apunta cuando estamos lo suficientemente lejos de la vista de nuestros compañeros de viaje. Tiene esa sonrisa de medio lado que tanto me gusta, y que indica que está de muy buen humor para divertirse.

—¿Por qué? —Arqueo una de mis cejas buscando sus ojos, pero no los hallo, su mirada está clavada en la arena.

—Encontré tu bañador. —No estoy muy segura si después de todo lo sucedido mis mejillas vuelvan a su color natural.

—En realidad lo qué hiciste fue interrumpir un bronceado perfecto. —Me atrevo a decir con el corazón latiendo a mil por hora en el pecho.

—Entonces, lo siento. ¿Has hecho algo más, además de dejar que el sol pinte tu lienzo? —Retiene una carcajada con sus últimas palabras, pero no aparta la vista del suelo.

—Leí un buen libro, y Mila y yo hablamos de la vida. —comento sin darle mucha importancia.

—Te tengo buenas noticias. —susurra no muy convencido. —El señor Hunt dice que en la cena de Acción de Gracias de la empresa anunciará al nuevo jefe de marketing. Necesita a alguien al mando de inmediato en el departamento y me dio a entender que estoy muy cerca de ser esa persona que busca.

—Eso es genial, Joan. —Estoy feliz por él, ha sabido recomponerse en el trabajo, y ha logrado centrarse al máximo para obtener ese ascenso que tanto desea.

—Sí. —Se pellizca el puente de la nariz y ahoga un suspiro. —Rose, soy un idiota. Te dije que...

—Pero, Ruth, no puedes hacer eso. —Joan es interrumpido por una pareja que discute bajo una sombrilla. El chico que grita es de aspecto tosco y poco agraciado y no sé por qué razón no me caen bien.

—Terminamos, prometiste comprarme ese auto, Robin. No pienso aguantar más tus mentiras. —El espectáculo es algo lamentable pero no deja de parecerme interesante.

—Sabes que Divinity está en banca rota, ya nadie nos contrata para hacer fiestas. ¡No tenemos dinero para gastar! —El chico está muy nervioso y su novia o ex «no sé como decirle» camina a paso firme dejando las huellas de sus pies marcadas profundamente en la arena. —¡Vuelve, Ruth! —le ruega el muchacho desesperado pero ella lo ignora.

—¿Ha dicho Divinity? —Me pregunta Joan con el ceño fruncido.

—Sí.

—Esa era la empresa para la que trabajaba Jess. Ese debe ser el malnacido que despidió a mi hermana. —Joan deshace el enlace de nuestras manos y camina furioso en dirección al chico. Lo sigo a toda prisa y trato de detenerlo parándome frente a él.

—¿A dónde vas? —le pregunto alarmada.

—Alguien tiene que ponerlo en su lugar por lo que le hizo a Jess. —Tiene la vista fija en el chico y por un momento temo por lo que pueda hacerle. Es enorme en comparación al supuesto ex jefe de Jess que parece hasta más pequeño que yo. Sé bien que Joan es muy sobreprotector con su hermana, pero no puedo dejarlo cometer esta locura.

—Ya han pasado dos años y el karma ha hecho su trabajo. La empresa quebró y la novia lo acaba de dejar, no es necesario que hagamos nada más. —Intento tranquilizarlo, pero no lo logro.

—Sí, pero...

—No hay peros que valgan, gracias a él Jess está en Grash Village feliz de la vida con Arthur. —Mis palabras parecen entrarlo en razón y yo suspiro aliviada.

—Ese... —Se da media vuelta de mala gana, pero sigue con el ceño fruncido.

—¿Qué querías decirme? Venga, estabas diciendo cosas como que eres un idiota y eso. —Trato que se relaje haciéndolo reír, y parece funcionar mi comentario. Seguimos caminando con tranquilidad dejándonos llevar por la brisa del mar. La zona del puerto está cerca y la arena se pierde entre las rocas, es incómodo caminar sobre ellas, pero nuestro único objetivo es ver a los pequeños peces que se acercan a la orilla que de este lado de la playa son muy populares según nos comentó otro turista.

—Ten cuidado. —Me pide Joan mientras me toma de la mano otra vez. La chispa vuelve en cada ocasión con más intensidad, y sigo temiendo de que se dé cuenta del efecto que causa en mí.

—Aún no me has dicho por qué eres un idiota. —le recuerdo y me entretengo mirándolo mientras camina con cuidado para ver en donde pisar. Una idea tonta pasa por mi cabeza y no dudo en contársela, es bueno haber recuperado esa confianza que nos teníamos.
—Mila y el señor Hunt deben pensar de que nos escondimos detrás de una palma para hacer... ¡¡Ay, ay, ay!! —«Mi pie.» Grito de dolor al punto de que se me quieren salir las lágrimas.

—¿Qué te pasa? —Responde aún más alarmado que yo y le señalo mi pie herido. «Ay, duele mucho.» Se inclina hacia adelante para ver mejor lo sucedido. —Te ha pinchado un erizo de mar. No te muevas, te lo voy a quitar.

—¿Sigue ahí? Quítalo, quítalo, ¡ay! —grito otra vez y sujeta mi pierna con delicadeza.

—Espera, no te muevas, si se quedan las espinas dentro de tu pie será muy difícil sacarlas. Solo trata de estar quieta por unos segundos. —Me pide con cierto tono de preocupación que para nada logra calmarme. Cierro los ojos cuando siento que hala el animal de mi pie y aunque quisiera decir que me duele menos ahora, no sería cierto.

—¡Ayyyyyyyy!

—No es de los venenoso, creo. —Inspecciona al erizo en su mano, y yo lo miro espantada.

—El creo me deja más tranquila, gracias. —Le digo a punto de llorar. «Menudo día para venir a la playa.»

—He visto un montón de documentales con mi padre y siempre dicen que los del caribe son los venenosos, por lo tanto no tienes de qué preocuparte, a menos que esté erizo se haya trasladado del caribe hasta aquí. —Me regala una sonrisa tímida mientras devuelve al animalito a su habitad. —¿Te duele mucho?

—Sí. —Le respondo aún un poco asustada. «¿Por qué me tienen que pasar estas cosas a mí?» Sin dudas eso fue por pensar en tonterías. Debía haber estado atendiendo donde pisaba.

—Ven, súbete a mi espalda para llevarte a la enfermería del hotel. —Se apoya para ayudarme a subir, pero yo no me muevo.

—Pero...

—No hay peros que valgan. —Repite mis mismas palabras. —Venga, la otra opción es llevarte en brazos. —Me subo solo de escucharlo. En brazos jamás lo soportaría, es imposible que pueda ocultar mi rubor desde allí.

Su espalda es firme, tonificada y sobre todo cómoda, aunque mi posición no tanto. Me sujeta de los muslos, y tiemblo cuando sus manos se posan sobre mi piel. Entrelazo mis brazos en su cuello y pego mi pecho a su torso. Siento su perfume, su calor y su fuerza. Estar tan cerca suyo me tienta a besarlo, y la acaricia de su cabello en mi mejilla me estremece. Estoy segura que escucha a mi corazón latir, y por más que lo intente no puedo relajarme. El silencio no hace más que indicarme que escondemos cosas, palabras, frases, versos y poesías. Estamos hechos de caramelo y bombón, y tememos que la combinación no sea perfecta.

—¿Qué champú usas? Que rico huele. —Mis comentarios son cada vez peores, estoy perdiendo la cordura. Él sonríe divertido y agradece que por lo menos no estemos callados, comiéndonos la cabeza. Estamos a medio camino de llegar al hotel y la idea me entristece, no quiero soltarlo.

—¡Que sé yo de esas cosas! Es uno de un pote azul. —Se muerde el labio, antes de volver a preguntar. —¿Te duele?

—¿El qué? —«¿A qué se refiere?» Joan vuelve a soltar una carcajada, esta vez con mayor entusiasmo mientras niega con la cabeza.

—La herida del pie. —«Ay, ya la había olvidado.» Me entretuve con su aroma.

—Sí. —Le contesto riendo. Ya no me duele tanto, pero no pienso dejarlo que me suelte, quisiera tenerlo en mis brazos para siempre. «Quiero disfrutar este momento.»

—Ya veo. —Sabe que no es cierto, pero no dice nada al respecto.

Mila y el señor Hunt se sorprenden cuando le contamos lo sucedido. Insisten en acompañarnos a la enfermería y no podemos decir que no. Afortunadamente Mila ya viste su traje de baño completo. Los dos parecen felices, y llenos de vida, sin dudas el rato a solas les ha servido de mucho.

Joan tenía razón, no era un erizo venenoso. El doctor me indicó para evitar cualquier infección en el caso que alguna espina haya quedado en la herida ponerme fomentos de agua con vinagre. Tendré que estar unos días de reposo hasta que pueda caminar con mayor facilidad, mientras tanto Joan será mi medio de transporte.

Capítulo 15

La espalda de Joan ha sido mi mejor amiga en estos últimos cuatro días. Volver a nuestro apartamento después de nuestras trágicas vacaciones fue más extraño de lo que imaginé, perder aún más la cordura por culpa de mis sentimientos ha sido uno de mis mayores problemas. El otro día estuve a punto de confesarle lo que siento. Él acaba de volver del gimnasio y puede que me haya dejado cegar por la imagen de su cuerpo. Terminé diciéndole que me gustaban sus piernas y que quizás un día podríamos ir juntos a hacer ejercicio. En mi vida he pisado un gimnasio, ni siquiera salgo a correr, pero fue lo primero que se me ocurrió después de destacar el atractivo de sus extremidades.

Kelly ha venido a visitarme esta mañana y le estoy muy agradecida, me ha traído pastelitos de frambuesa, y coca colas para merendar juntas.

—Estoy cansada de estar todo el día en casa. —me quejo.

—¿Crees que puedas salir a caminar? —pregunta dándole una gran mordida a su pastel. La herida no me duele a menos que apoye el pie en el suelo, pero tampoco es que sea algo muy punzante, es soportable, pero decirle a Joan que necesito su ayuda para caminar es la única forma que tengo de mantenerlo cerca de mí. «Sin dudas, ya no tengo remedio, mi hermana Roma tiene razón, estoy algo mal de la cabeza. Estoy loca de amor.» Yo antes no era así, no que yo recuerde.

—¿A dónde vamos? —Me animo. Con todos estos días de reposo tuve tiempo de terminar mi libro y eso ha sido una excelente noticia para Adele, mi editora, que está más agradecida con ese erizo de lo que me gustaría. Dice que New York es una distracción, y se equivoca. Joan ahora mismo es mi mayor distracción.

—No lo sé. ¿Qué lugares te faltan por visitar? Aprovecha que tengo unas horas libre. —Toma un sorbo de su refresco.

—No he visto ni la mitad de la ciudad. —Me duele pensar que llevo casi un mes aquí y he podido ver muy poco. Busco mi lista en el móvil, y observo el mapa con detenimiento. —¿Podemos ir a Greenwich Village? Está a 15 minutos de aquí.

—Perfecto, es un barrio precioso. Te encantará. —Terminamos de merendar y salimos del apartamento «yo cojeando» Vamos con las energías cargadas y la esperanza de que será un día prometedor. Casi pienso que nuestros planes están arruinados cuando nos encontramos con Hellen en la entrada del edificio dudosa o no, de entrar a saludar.

—Hola, chicas, que bueno verlas. —Nos regala una sonrisa tímida antes de darnos un beso en la mejilla a cada una.

—¿Qué tal estás, Hellen? —Le pregunto. La última vez que la vi fue cuando dejamos a Alessia en su casa antes de ir al brunch, y aunque no hablamos mucho sentí que estaba un poco más relajada con mi presencia.

—Bien, muy bien. —Está nerviosa, y algo incomoda. ¿Qué habrá venido a hacer aquí? —¿Van a salir?

—Sí, queremos ir a The Village* — Le contesta Kelly con amabilidad.

—¿Puedo acompañarlas? Espero que hoy sea un buen día para cumplir esa promesa que nos hicimos en la cena de ir de compras juntas. —Una promesa es una promesa, y no podemos romperlas. Así que no me puedo negar.

—Claro. —Bajamos las tres juntas por la acera en dirección a la estación del metro. La mañana es preciosa, y la brisa del otoño no hace más que avisarnos que el invierno está a la vuelta de la esquina. Estoy algo intranquila, no puedo negar que el encuentro con Hellen me intriga, y muero de ganas por saber los motivos de este. —¿Qué tal está Hugo y Alessia? —Trato de hacer nuestro viaje ameno, a pesar de todas las teorías que ahora mismo recorren mi mente.

—Hugo está en el trabajo y la niña está muy bien, la verás mañana en la tarde. Joan la recogerá del kínder y se quedará con ustedes todo el fin de semana. — Toma una bocanada de aire, y suspira aliviada. Tengo la sensación de que quiere decirme algo y no sabe cómo. —¿Te pasó algo en el pie?

—Pisé un erizo en la playa. —Me encojo de hombros. Cada que veo a alguien le tengo que dar la misma explicación.

—¿Puedo preguntarte algo? No quiero ser indiscreta. —Kelly la mira con atención. Creo que quiere saber más sobre ella. Su mirada me dice que está desconfiando. ¿Qué pasará por su mente? Hellen asiente con tranquilidad. —¿Cómo conociste a Hugo? —Buena pregunta, quiero saber de este tema. Joan no me cuenta estas cosas por más que le insista.

—Su hija y la mía asisten a la misma guardería, y de vez en cuando coincidíamos en la entrada. Él se acercó a mí con la justificación de que necesitaba saber dónde había comprado las zapatillas de la niña y terminamos hablando toda la tarde. Descubrimos que teníamos muchas cosas en común, él era padre soltero y yo también, y acabábamos de pasar por un divorcio algo complicado. Estuvimos saliendo en citas por un mes antes de oficializarnos como novios. —Se le ilumina la mirada al recordar esos momentos y me queda claro que su corazón ya no le pertenece a Joan.

—Oh, es una bonita historia. —contesta Kelly complacida con su respuesta. Conocía mis dudas después de aquella catastrófica cena planeada por Will, ha sido un lindo detalle que se atreva a preguntar por mí.

—Sí, es un regalo de la vida. Estoy muy feliz estando con él. —confiesa Hellen.

Tomamos el metro en silencio por más que todas queremos seguir preguntando nos mordemos la lengua para no agobiarnos. Pero al llegar a Greenwich Village todo cambia y nos permitimos disfrutar de nuestra compañía con tranquilidad. El barrio neoyorquino está colmado de historia, cultura y arte, al igual que cada rincón de esta ciudad, pero cada uno con su esencia. Conocido por ser donde se originó el movimiento a favor de la comunidad homosexual en los años 60, colores y amor es algo que lo caracteriza grandemente. Vamos a 90 Bedford Street, donde se encuentra el famosísimo apartamento de la serie Friends, y como fan no dudo en hacerme una decena de fotos frente a él. Pasamos el tiempo recorriendo sus calles y entrando a tiendas en las que nunca podremos comprarnos ni un alfiler. «New York es caro» más de lo que me gustaría, y Perry Street no me deja dudas de ello. La chicas me enseñan cada sitio interesante, además de explicarme como auténticas guías turísticas aquellos secretos que solo los que viven Manhattan conocen.

—Chicas, me tengo que marchar. —Estamos recibiendo la tarde y sé bien que Kelly debe irse a alegrar a los demás con su voz en la calle.

—Vale. Mañana iré a oírte cantar. —Le prometo, y me emociona solo de pensarlo, espero que algún día valoren su talento y pueda verla en el Times Square.

—Disfruten de la tarde, y no camines mucho, recuerda que tienes que hacer reposo. —Se despide señalándome con el dedo con sus últimas palabras. Hellen y yo la vemos marcharse y por alguna razón no estoy preparada para quedarme a solas con ella. Caminamos en silencio, y por más que quiero decir algo, no puedo, mi mente está totalmente en blanco. Afortunadamente ella se anima a hablar primero.

—Te debo una disculpa. —Se muerde el labio inferior y me mira avergonzada. —No debí insinuar nada sobre tu relación con Joan en la cena.

—Estás disculpada, aunque me intriga saber por qué creíste que él y yo estábamos juntos desde que nos reencontramos en el pueblo.

—La curiosidad está acabando con mi paciencia, realmente necesito conocer todos los detalles.

—Grash Village fue un viaje maravilloso para los dos, hasta que encontré cosas que me llenaron de inseguridades. —Niega con la cabeza y suspira derrotada. —Joan es un buen hombre, y me alegro mucho que haya tenido el valor para comenzar una vida a tu lado.

—¿El qué? —No entiendo ¿qué vela tengo yo en este entierro? Si lo único que Joan y yo tenemos es una mentira.

—Cuando vi aquella foto lo odié con todo mi corazón, incluso creí que me estaba engañando bajo el mismo techo donde convivíamos todos. —Me mira a los ojos y no veo en ellos ni una pizca de maldad. Se refiere a la casa de los Roth's donde nos hospedamos por unos meses.

—No te entiendo, Hellen. —¿Foto? ¿Engaño? Me estoy comenzando a agobiar.

—Tú te habías marchado esa misma mañana a Londres, fue dos días después de la boda. ¿Joan no te contó? —Niego con la cabeza y rezo para que no se detenga, ¿por qué estoy involucrada en esto?

—Encontré una foto en su habitación, estaba debajo de la cama. Se veían felices ustedes dos, pero la forma en la que él te miraba era única, jamás me miró a mí de esa manera, ni en nuestros mejores momentos. No solo fue una imagen lo que rompió lo que creía que era mi burbuja de amor, las palabras escritas detrás de ella se clavaron en mi corazón, y aunque quise negarlo al principio de llegar al pueblo, estaba bastante segura que Joan aunque no se acercara mucho, siempre trataba de buscarte, de estar al pendiente de ti. Más de una vez lo vi en la boda haciéndolo, al igual que en casa de sus padres, pero es tan terco que intentó renegar sus sentimientos de sí mismo. Fue un colapso, y fue allí donde abrí los ojos y me di cuenta que no estábamos hechos el uno para el otro. La rabia y los celos me dominaron, y el escándalo fue grande, pero él siempre negó haber tenido algo contigo en esa época, pero me quedaba la duda.

—¿Qué te hizo cambiar de opinión? —No recuerdo haberme tirado ninguna foto con Joan. Pero su confesión acelera mi corazón, y me entristece. Me duele pensar que por mi culpa su matrimonio se debilitó y yo ni siquiera tenía idea de eso. Joan y yo nos comimos un amor en silencio, y el pasado sigue despertando en el presente la más fuerte de las sensaciones. ¿Por qué Joan nunca me contó de la existencia de esa foto? ¿Del contenido de sus palabras? ¿qué era aquello que tanto ansiaba decirme y nunca tuvo el valor?

—Hugo se dio cuenta en la cena que estabas ajena a todo lo sucedido entre Joan y yo. Quería venir a verte antes, pero nunca lograba pasar de la puerta del edificio. No se me dan bien las disculpas. —Confiesa apenada y yo aún no logro procesar sus palabras.

—Pero... yo no sabía que por mi culpa...

—No fue tu culpa, ni de nadie. No podemos mandar en el corazón. Por suerte ahora estamos bien, son felices ustedes dos juntos y yo encontré al amor de mi vida. No te guardo rencor, aquel día en la cena no asimilé las noticias del todo bien, el impacto de saber que se habían casado tan pronto me impresionó. Además de que Will antes de llegar no dejaba de decirme lo extraña que era la situación y como habías salido de la nada, que de seguro algo raro estaba pasando y se me calentó la cabeza con esas cosas. Lo siento de corazón. —«Will, este chico no deja de sorprenderme.»

Seguimos caminado por las calles de Greenwich Village, aún nos queda mucho por recorrer, y el pie no me duele tanto. La amabilidad de Hellen me tranquiliza, aunque lo único en lo que puedo pensar ahora mismo es en Joan, pero volver a casa no resolvería nada. Lo mejor es despejar mi mente y disfrutar de la ciudad hasta que vuelva del trabajo.

¿Por qué me ha escondido tantas cosas? ¿Por qué decirme qué quiere estar solo cuando está claro que me quiere? Que le gusto. ¿Por qué negarse a que tengamos un futuro juntos? ¿Por qué no se deja llevar por el destino?

Necesito una explicación, tengo que verlo y encararlo, saber cuales son sus miedos, y confesarle mi amor.

Nota de la autora.

*The Village: los neoyorquinos le llaman así coloquialmente a Greenwich Village.

Capítulo 16

La primera vez que lo besé lo supe, algo me decía que ese chico que se escondía de mí sería el amor de mi vida. Era Joan, y no podía ser nadie mejor. Pero ¿Tan difícil es amarme? Las dudas me consumen, yo ya he escuchado un rechazo de su boca, y aunque con la confesión de Hellen me quedo más tranquila, su empeño en dejarme claro que no somos una pareja de verdad no hace otra cosa que ponerme incluso más nerviosa. Miles de preguntas recorren mi cabeza, y el temor de que todas no tengan una respuesta me asusta.

Llevo desde hace diez minutos delante de la puerta número 31 del edificio de la esquina de la avenida Ámsterdam en el Upper West Side, justo donde comenzó esta aventura amorosa. Ya no me quedan uñas para comerme, y mi corazón palpita con tanta fuerza dentro de mi pecho que tengo miedo de que pueda escaparse. «Espero no estar equivocándome.» Joan ya debe haber llegado a casa, es ahora o nunca. Uno de los dos tiene que hacerle frente a la situación. Entro ahogando mil suspiros inquietos.

-Hola. ¿Saliste un rato? ¿Qué tal está tu pie? -Está tumbado en el sofá mirando algo en la pantalla de su móvil, aún viste su traje gris de oficina, y se ve guapísimo con su cabello bien peinado y sus ojos esmeraldas clavados en mí.

-Hola, sí, ya estaba cansada de estar en casa, y no me duele tanto la herida. -Me muerdo en labio inferior y me siento a su lado con las piernas temblorosas. «¿Por dónde empiezo?»

-Estoy hablando con Jess. Arthur y ella ya tienen fecha para la boda, se casarán en Agosto del año que viene. -Se le ilumina la mirada, está claramente feliz por su hermana, y yo también. Por fin esos dos unirán sus vidas ante el mundo.

-Me alegro mucho. Creí que nunca se decidirían. -El corazón me va a mil por hora y deseo tanto soltar las palabras de una vez, pero estoy tan nerviosa que creo que me desmayaré, y no sería mala idea, considerando que caeré en sus brazos. -¿Qué tal tu día en el trabajo? -Empecemos por las preguntas fáciles.

-Estuvo muy bien. Will y yo estamos trabajando ahora en un proyecto juntos para la colaboración con marcas e influencers en el mercado. Así podremos aumentar incluso más las ventas. -Lo veo muy animado. Aún no se ha dado cuenta que Will no es tan bueno como le hace creer. Pero tampoco quiero ser yo la causa por la que se destruya su amistad. -¿Te pasa algo? Estás pálida. -Se acerca más a mí y deja el teléfono en la mesita frente al televisor. «El momento ha llegado.»

-Hellen y yo hablamos, y me ha contado cosas. -Este es el minuto perfecto para desmayarme, pero el ceño fruncido de Joan y su mirada confusa me detienen.

-¿Qué te ha dicho? -su mandíbula se tensa al instante, y ya no parece estar de tan buen humor.

-Me contó lo qué pasó en Grash Village, lo de la foto. -Me pregunto como es que puedo siquiera terminar las frases, tengo la boca tan seca y las manos tan temblorosas que me es imposible pensar con claridad.

-Dios mío, no me lo puedo creer. -Presiona con sus dedos el puente de su nariz y ahoga un profundo suspiro. Ahora es él el que está temblando, y el color carmesí de sus mejillas se intensifica con cada segundo que pasa.

-Explícamelo todo, Joan, porque siento que me he perdido de muchas cosas que me involucran. -Le pido poniendo mi mano en su hombro.

-Fue una cosa de adolescentes, una tontería. -Tiene la vista clavada en el suelo. Lo obligo a mirarme tomando su rostro entre mis manos y girándolo hacia a mí.

-Algo me dice que no fue una tontería. -Le susurro, y él se escapa de mi agarre. Por un instante creo que me rechazará otra vez, pero no lo hace, solo comienza a hablar.

-Por eso no quería que nadie entrara en mi habitación en Grash Village, las revistas solo eran una tapadera. -Se revuelve el cabello con sus manos, y sigue negando con la cabeza como si creyera que está cometiendo un error.

-No recuerdo que tú y yo nos tomáramos una foto solos. -Le comento con cierta timidez, me duele verlo tan agobiado, pero necesito que me cuente todo, que deje sus misteriosos sentimientos a un lado.

-Porque no fue solos. Era del cumpleaños de Jess, yo estaba a tu lado. Recorté la foto en cuanto la vi. Yo salía con cara de tonto, pero tú estabas... ¿Recuerdas cuando dije que era un idiota? -Es la primera vez que me mira desde que comenzamos a hablar del tema, y el verde de sus ojos me hipnotiza de tal manera que asiento con la cabeza sin darme cuenta de lo que eso significa.

-Joan... ¿Qué había detrás de la foto? -Es tan difícil que me cuente las cosas, siempre quiere saltar de un tema a otro.

-Mis sentimientos por ti en aquella época, promesas de las que nunca supiste y sueños que deseaba que cumpliéramos juntos, pero me quedó claro después de nuestro beso que yo no era el chico que a ti te gustaba. Conservé la foto y ni siquiera sé el porqué, con los años me había olvidado de lo que era tenerte cerca.

-La noche en la que te pregunté si habías estado en las gradas me moría de ganas porque dijeras que sí. Puede que Jake me haya interesado en su momento pero después de aquel beso, y de atar cabos, no quería a más nadie que no fueras tú. Me gustaste después de eso. Y me gustas ahora. -Es mi turno de confesarme, y la voz me tiembla al hablar.

-Ojalá lo hubiera sabido, Rose. -Se lamenta, y yo acaricio su mejilla con mis dedos, pero él me detiene. -Soy un idiota, ¿recuerdas?

-Sí. -Trato de leer a través de sus ojos, pero los esquiva para que no descubra que se está conteniendo para no besarme. -Un idiota que no hace más que huir de mí. -Le contesto con cierta molestia.

-Rose, no quiero que me suceda lo mismo que en mi anterior matrimonio, prefiero estar solo que volver a sufrir por amor. -Pasa sus manos por su rostro con frustración y yo me coloco frente a él.

-¿Cuando nos volvimos a ver en Grash Village tuviste sentimientos por mí?

-Siempre han estado ahí, Rose. Contigo es imposible pasar página, por más que yo quisiera. -La intensidad de su mirada se clava en mi piel, y antes de pensarlo dos veces me siento en su regazo, y me acerco a su boca. -Rose... no es buena idea, somos amigos... -me recuerda antes de que lo bese, pero no se aparta, no esta vez.

-Estamos casados, y tú y yo nos queremos como algo más que amigos. Sé que te asusta empezar otra vez una relación y que las cosas no salgan como esperas, pero es hora de que le prendas fuego al pasado, Joan, y saludes al mañana, juntos podemos ir más allá de lo que te imaginas, intentémoslo. -Rozo con mis dedos sus labios y la tentación de tenernos tan cerca y no besarlos me consume.

-¿Y si mañana ya no sientes lo mismo? -Noto su indecisión, y me atrevo a calmarlo. Entiendo sus inseguridades, después de su divorcio las cosas no debieron de ser fáciles para él.

-No creo que mañana se me olvide que te quiero. -Es él el que rompe los centímetros que separan su boca de la mía, y acaricia mi cintura con frescura.

Por primera vez en mi vida siento que estoy haciendo lo correcto, que mis labios volvieron a su lugar favorito, y mi manos tocan la piel indicada y perfecta. Que puedo sentir la alegría que ambos compartimos bajo mi cuerpo y la pasión de nuestras almas eternamente esperanzadas por volver a toparse en el camino. Su beso es cálido, enloquecedor, atrayente, de esos que nunca quieres que terminen. Su aroma a cítrico me ciega, y la forma de coordinar sus acciones me fascina, no mentía cuando decía que estábamos compenetrados. Su respiración agitada va al ritmo de mi desesperado corazón y sus manos curiosas buscan qué hay más allá de mi camisa de algodón. Es tan electrizante como la primera vez, tan apasionado como aquella noche en las gradas donde ninguno de los dos sabía que nos deparaba el futuro. Aunque ahora también es excitante, imparable y complaciente, y sé que este beso es algo que ambos hemos deseado por mucho tiempo.

-¿De verdad quieres consumar este matrimonio? -Sonríe en mis labios antes de preguntar.

-Si no lo haces es posible que te pida el divorcio. -Peino su cabello hacia atrás mientras me pierdo en su mirada.

-Te quiero. -Sus palabras provocan que mi corazón dé un vuelco, y apartarme de su cuerpo no es una opción.

Me deshice de mi camisa de un movimiento ágil, y seguro, invitándolo a que él hiciera lo mismo. Las ganas, la pasión y el deseo se palpaba en el aire, y fue difícil contenerse habiéndolo anhelado todo este tiempo entre mis brazos. Joan me cargó con su cuerpo y yo entrelacé mis piernas en su torso para así dirigirnos juntos hacia la habitación. Solo allí dentro conocí lo que era el placer entre su cuerpo y el mío. Él saboreó con sus labios cada rastro de mi piel desnuda y rebuscó en aquellos sitios que sus ojos aún no habían visto de mí la fórmula perfecta para llevarme al máximo placer. Dibujó mis pechos con sus manos y sonrió contra ellos al recordar su descabellada forma de conocerse. Me susurró al oído la de veces que se había imaginado conmigo, y lo lejos que veía que se cumplieran sus fantasías esta mañana. Pero sin embargo ahí estábamos, comiéndonos a bocados y amándonos sin límites. No quería detenerme, no hasta que la noche se convierta en mañana, y yo despertara entre sus brazos. Fue el comienzo de lo que siempre he querido, una vida a su lado.

Dormir acurrucada en su pecho es mi nuevo pasatiempo y aunque esta es la primera vez que lo hago estoy segura de que no será la última. No puedo disimular la sonrisa tonta en mi rostro, pero me encanta saber que es por su causa que la tengo. La noche fue tan perfecta como una canción de Stevie Wonder, y tan rítmica como una melodía de Cindy Lauper. Me sobran los conocimientos de arte para comparar mi pasión, pero sin dudas estoy embriagada por los sensaciones y esa es mi conclusión final. Ha llegado la mañana a New York y yo aún estoy en sus brazos.

-Quiero que cantemos juntos todas las canciones de amor de la radio, una y otra vez. -Me susurra al oído con su voz ronca y seductora mientras deposita un tierno beso en mis labios.

-¿Para qué? -Está guapísimo, mucho más de lo que podría estar cualquiera en la mañana. Con sus cejas despeinadas, su cabello alocado y sus ojos algo hinchados por el sueño me sigue pareciendo la persona más atractiva del mundo.

-Para crear nuestra propia emisora de amor, así todos sabrían cuantas veces he vuelto a amarte según el número de canciones. Siempre vuelvo a ti, por mucho que lo niegue, mil veces vuelvo. -Si la idea al principio me parecía tonta, al final ya no tanto. Porque su forma de confesarse siempre me parecerá rara, pero inolvidable. Una emisora bastaría para recolectar sus suspiros.

-Eres un cursi. Solo trata de no mirarme mientras canto que me sonrojo. -Le confieso con un sonrisa.

-Creo que ahora que estamos juntos no tenemos que temer de emigración ¿no? -Acaricia con sus dedos mi mejilla y no puedo evitar sentirme en el paraíso.

-Creo que hemos dejado de ser unos criminales de alto peligro para los Estados Unidos. -Una carcajada se escapa de sus labios y ahora que lo pienso en mi sonido favorito.

-El próximo jueves es Acción de Gracias, y si todo sale bien ese día recibiré mi ascenso. Podríamos celebrarlo de una manera diferente. Espero que estés lista para conocer otro de los encantos de New York. -Intrigada y con ganas de que llegue el famoso acontecimiento me dejo llevar por la pasión de sus labios y vuelvo a ser suya como la noche anterior.

«Jamás me arrepentiré que haberme quedado en esta ciudad.»

Capítulo 17

El fin de semana había pasado de manera fugaz y supongo que eso es lo que sucede cuando vives como si estuvieras en un sueño. Compartir con Alessia estos últimos días fue increíble, y más con los planes que teníamos para divertirnos. Hicimos una casa de campaña improvisada en el salón e imitando una fogata con una linterna nos pasamos la noche los tres haciendo figuras en las sombras. El chocolate con malvaviscos fue nuestra preparación estrella y nos hinchamos de comer galletas con relleno de chocolate y crema de avellanas. «Mi favorito.»

Las cosas entre Joan y yo van de maravilla. A veces ni me creo que ya estamos juntos, y que no debo reprimirme de acariciarlo y besarlo siempre que me apetezca. Leer desde su hombro un libro que a los dos nos parecía interesante, tumbados en el césped del Central Park después de un agradable picnic ha sido la mejor forma de pasar el domingo. Y cuánto quisiera que se repitiese, no me molestaría que lo hiciéramos una costumbre. Y algo tan simple como eso me tiene suspirando a cada instante. Nos tomó tiempo darnos cuenta de nuestro amor y unirnos de una vez, pero valió la pena esperar con tal de algún día tenerlo porque sin dudas Joan, y sus mimos hacen mi mundo mucho más interesante.

Para mi suerte ya estoy del todo recuperada de la herida del pie, y puedo caminar con soltura por todos lados. La noche después de que Joan y yo consumáramos nuestro matrimonio salimos con la niña hasta la 5th Avenida para escuchar a Kelly cantar. No pude contarle las buenas nuevas en ese mismo instante por lo que quedamos en desayunar a solas en una cafetería muy famosa en la Avenida Ámsterdam hoy.

El Bluestone Lane Upper West Side Café nos recibió en su moderno, exquisito y minimalista establecimiento. Con sus paredes blancas y sus plantas naturales adornando cada rincón, era imposible no imaginarse en un restaurante de lujo, aunque en realidad no lo es. El menú es bastante variado pero ambas nos decidimos a ordenar un Avocado Toasts* y un capuchino que incluye un impresionante dibujo en la espuma del café. El lugar está lleno de gente a esta hora de la mañana, y las personas caminan de un lado a otro buscando un sitio cómodo para acomodarse y degustar el desayuno.

-¿Qué tal estás? -Le pregunto con tranquilidad. Es bueno ponernos al día.

-Contenta. Conocí a un chico el otro día mientras cantaba en la Gran Central. Resulta que es productor y me dio su tarjeta. Lo llamé ayer en la noche y está interesado en colaborar conmigo. -Los ojos le brillan con gran intensidad y sus mejillas se tornan del mismo color de su cabello.

-Mi instinto de amiga me dice que no es solo el hecho de haber encontrado un productor lo que te tiene así de feliz. -Le comento con cierta picardía. Estoy encantada con la noticia, su carrera profesional está tomando forma y esa es lo mejor de todo.

-Puede. Es que es tan educado y tiene una mirada tan expresiva. Estuve a punto de perder la capacidad de cantar cuando se detuvo frente a mí en la estación. Me recordó mucho a ti, porque me observaba con fascinación, como si hubiera sido la primera vez que escuchaba cantar a alguien. -Se estremece al recordar el momento, y mi corazón está rebosante de alegría. Ella merece encontrar el amor y también que el mundo escuche su voz.

-Admiraba tu talento, como yo lo hago. -Le confieso con sinceridad.

-Gracias, Rose. -susurra con timidez. «Los halagos sinceros no se agradecen.»

-Solo te pido que cuando cantes en el Times Square me regales las entradas, que vivo de la venta de mis libros y no todos los meses son buenos. Y New York está acabando con mi bolsillo. Tengo que ahorrar. -Ambas soltamos una carcajada con mis palabras pero esto no hace que estas sean menos ciertas.

-Te veo radiante. -Me asegura Kelly.

-Estoy feliz. -Le regalo mi mayor sonrisa, esa con la que logro enseñar casi todos mis dientes.

-Me alegra saberlo. ¿Tiene que ver con Joan? -Pregunta acercándose más al frente para poder escucharme mejor.

-Sí. -Ambas soltamos una risita tonta y ella me toma de la mano.

-Ya era hora, amiga. -Creo que de todas las cosas que me ha regalado la ciudad la amistad de Kelly es una de las más valiosas sin dudas.

-Estaba cansada de mentir. Mis sentimientos por Joan cada día eran más intensos y tenerle cerca sin poder tocarlo por miedo a perder nuestra amistad me estaba volviendo loca. Además de que no podía alejarme, lo necesitaba cerca para poder quedarme el país y me sentía entre la espada y la pared. -Es un alivio saber que no hay nada que temer.

-No te imaginas lo contenta que estoy por ti.

-Quizás un día podamos hacer una cita doble con ese productor famoso que ha captado tu atención. -Le propongo y la idea no le parece para nada descabellada.

Siento que alguien me toca con el dedo en el hombro y me giro inmediatamente para ver de quién se trata. Palidezco al ver a mi enemigo mortal sentado en la mesa que se encuentra justo detrás de la nuestra.

-Rose, que sorpresa del destino encontrarte aquí. -Will me regala una hipócrita sonrisa, muy típica de él, y yo lo imito aunque no pudo disimular mi mirada asesina. -Kelly a ti también, hola.

-Hola. -Mi amiga lo saluda con el ceño fruncido.

-¿Qué quieres, Will? -Le pregunto con cierta rudeza.

-Saludarlas. No te veo desde el brunch en casa del señor Hunt. -Intenta acercase más inclinado su silla al frente pero al ver que me alejo y que su presencia no es para nada grata se detiene.

-Sí, donde me dijiste que Joan aún estaba interesado en Hellen y te comportaste como un auténtico amigo posesivo. -Le acuso. -¿Te gusta Joan? -Arqueo una de mis cejas y noto lo directa que fui despúes de unos segundos cuando veo la cara de enojo de Will.

-Que me preocupe por mi amigo no significa que me guste, Rose.
-Vale, no le gusta, pero no he escuchado cosa más falsa en mi vida que sus palabras. ¿Preocuparse por Joan? Algo me dice que no es cierto. Nuestros pedidos llegan y tanto Kelly como yo lo agradecemos. Me despido de Will con un «lo que tú digas.» y me centro en mi desayuno.

-Nos vemos en Acción de Gracias, ¿Ms. Roth? ¿Debería llamarte así? -El chico no se da por vencido, e intenta arruinar nuestra mañana. Es la primera persona que me llama Ms. Roth y aunque me recuerda a la mamá de Joan, me gusta, porque me da firmeza de saber que estamos oficialmente unidos como familia.

-Sigues confirmándome de que tienes algo en mi contra, pero ¿qué será? Me intrigas. Nos vemos Acción de Gracias, Will. -Ruedo mis ojos con frustración. Lo veo marchase con una sonrisa triunfante, y mis ganas de estrangularlo no cesan.

-Este tipo es muy raro. -me comenta Kelly.

-Sí que lo es. -afirmo. -Pero no deberíamos darle más vueltas a su asunto. Solo trata de estropearnos la mañana.

-¿Irás al desfile del jueves? -Me pregunta mientras remueve su café y deshace el dibujo de una roseta sin darle importancia, y yo sin beberme el mío por pena a destruir la mini obra de arte. «Que sacrilegio.»

-¡Oh, el famoso desfile de Macy's! Seguro era eso a lo que se refería Joan cuando dijo que conocería otro de los encantos de New York.

-Me emociono nada más de imaginármelo. Solo he visto fotos del desfile y alguna que otra escena en películas que me hicieron querer verlo en vivo y en directo, y sin dudas, no puedo esperar a que llegue el día.

-Invitaré a Ryan.

-¿Quién es Ryan? -pregunto despistada, no conozco a nadie con ese nombre.

-El productor. No te había dicho su nombre. -Se ríe a carcajadas con mi cara de confusión y termina de beberse un café con tranquilidad.

-Ya tengo ganas de conocerlo.

Luego de nuestro desayuno decidimos ir juntas a la Strand Bookstore, la librería donde se presentó mi libro semanas atrás. Había evitado pasar por aquí todo este tiempo, me gusta huir de la humillación sentida si me entero que nadie a comprado mi obra. Es Adele, mi editora, la que me mantiene al tanto de las ventas. Al final las noticias no son tan malas como esperaba, se han vendido 200 ejemplares y eso considerando de que soy una autora extranjera, es una maravilla. Las cosas están bien, New York me está llenando de bendiciones, y no puedo estar más agradecida. Es todo tan bueno que parece no ser real.

Joan está a mi lado, su brazo derecho rodea mi cuerpo y juntos estamos inventándonos figuras con las deformidades del techo. Traigo de pijama una de sus camisetas favoritas, la que hace referencia a una frase dicha por Mónica en la serie Friends: "Todo el mundo conoce las zonas erógenas básicas"*

Es la mañana de Acción de Gracias, y como había pensado iremos todos al desfile, incluida Alessia que ayer se quedó en casa. Llevo días queriéndole contar a Joan sobre Will, cada vez está más embullado con su proyecto y ayer en la tarde el odioso se quedó a cenar. Y a pesar de las sonrisas hipócritas y su mirada indignante, frente a Joan no cargó su enfado contra mí. No puedo seguir guardando estos secretos por más que lo intente, esa amistad tóxica que claramente tienen no es sana.

-Joan, tengo algo que contarte. -Busco sus ojos y me muerdo el labio inferior con cierta indecisión.

-¿El qué, cariño? -Me acerca más a su pecho y besa con delicadeza la comisura de mis labios, y no hace más que distraerme de lo que quería decirle.

-Es sobre Will. -Él suspira derrotado y centra toda su atención en lo que tengo que decirle.

-Creí que ya las cosas con Will estaban aclaradas. Él no me ha insinuado nada más sobre nuestra relación. Si es lo que te preocupa. -Acaricia mi mejilla con sus dedos, y pierde su mirada en mis labios otra vez.

-A ti no, pero a mí sí. El día del brunch me dijo cosas horribles y me demostró su desconfianza sobre tus sentimientos hacia mí, incluso llegué a creer por su actitud que tú le gustabas, pero hace unos días me lo encontré cuando Kelly y yo estábamos desayunando y me dejó claro que algo tiene contra nosotros y no tiene que ver con gustos. Además de que manipuló a Hellen para que pensara que le habías sido infiel conmigo. -El rostro de Joan comienza a desfigurarse formando una arruga bien grande en su frente. Estoy nerviosa, es una situación difícil, Will es su amigo, al que le tiene confianza y yo soy su esposa. No puedo ni imaginarme lo que puede estar pasando por su cabeza ahora mismo.

-Pero ¿por qué haría tal cosa? Dios, él sabía todas las razones de mi divorcio, claro que podía utilizar esa artimaña. -Está sorprendido, sin dudas no esperaba que le contara algo así.

-No lo sé. -Me encojo de hombros. Alguna razón tiene que tener. ¿Y si es por lo del ascenso? -Es una opción.

-Pudiera ser, pero decirte esas cosas no resolvería nada. -Se pellizca el puente de la nariz y niega con la cabeza. -¿Por qué no me lo contaste ese mismo día en el brunch? Pude haberlo puesto en su lugar. -Ahora está un poco enfadado.

-Tú estabas muy raro conmigo y fue antes del trágico momento en el que caí en tu regazo. -Me sonrojo solo de recordar ese día.

-No fue un trágico momento. -Por muy poco no me regala una sonrisa. -Pero ese no fue el mejor de mis días, tienes razón. -Se queda un nos minutos en silencio tratando asimilando mi confesión. -Esta noche en la cena lo veré, y le pediré explicaciones. No me puedo creer que siga atosigándote con nuestra vida privada, no tiene derecho a hacer estas cosas.

Nota: Avocado Toasts: Tostada de aguacate.

"Todo el mundo conoce las zonas erógenas básicas": se refiere a la frase de Mónica donde le explica a Chandler las 7 partes esenciales donde debe tocar a una mujer.

Capítulo 18

Son las 7:30 am, y aún así no hemos podido elegir un sitio lo suficientemente cerca como para ver el desfile en primera fila. Nos tenemos que conformar con un rinconcito pequeño en la 6th Avenida. Las calles están totalmente despejadas a la espera del gran acontecimiento. La temperatura ha bajado deliberadamente estos últimos días y hace un frío enloquecedor. Con un gorro, unos guantes y un abrigo gigante me protejo de morir congelada. «Que exagerada soy, con lo que me gusta esta estación del año.»

Espero que nieve, eso cerraría con broche de oro la alegría que siento. Joan está a mi lado cargando a Alessia en sus hombros para que la pequeña tenga la mejor de las vistas. ¡Que suerte que tiene! Medir dos metros tiene sus ventajas y en estos momentos es donde nos damos cuenta. Estoy temblando de los nervios, estar aquí a la espera de los globos alegóricos es un sueño hecho realidad.

El vaho se escapa de mis labios dibujando figuras en el aire, y me entretengo imaginándome en ellas, entre las siluetas de lo que es el amor. Ojalá pudiera detener el tiempo, y guardar para siempre los latidos de mi corazón una vez que veo mi reflejo en los ojos de Joan que no deja de mirarme con una sonrisa en sus labios. Me acurruco a su lado como si fuera la primera vez, es un día para recordar y eso bien él lo sabe. Nuestra primera Acción de Gracias juntos, y espero que no sea la última.

Solo hay que escuchar dos palabras: New York, y las tres primeras cosas que te vienen a la cabeza son la estatua de la libertad, el desfile de Macy's y los despampanares edificios. Esta ciudad tiene vida propia y eso se nota. La música de las bandas; las marchas de los porristas, las sonrisas de los payasos, las carrozas gigantes y el cantar de los ángeles del coro me parecen de película. Me siento como si fuera una niña pequeña, y la emoción es tan grande que se me eriza la piel cada que escucho el "Happy Thanksgiving"* de boca de algún desconocido y no dudo en corresponderlo. La fiesta inaugura la época navideña, y no puede recibirse con mayor ilusión. Todos sabemos que en navidad cosas mágicas pueden suceder, y que es el momento ideal para pedir deseos.

Volvemos a casa con la imagen de un Snoopy gigante en nuestras mentes y con la risa de Alessia resonado en nuestros oídos. Kelly y Ryan no lograron nunca encontrarnos, llegaron tan tarde que alcanzaron el desfile casi al terminar en la Herald Square. Pero lo bueno es que por lo menos pasaron la mañana juntos. Al final terminamos invitándolos para cenar en casa mañana Black Friday* cuando vendrán Hellen y Hugo, que pasaron a buscar a Alessia dos horas antes que de partiéramos para la casa del señor Hunt. Espero que la cena de mañana sea menos incómoda que la última vez.

—¿Ya estás lista? —Me pregunta Joan por tercera vez. Falta menos de una hora para el encuentro en casa de los Hunt's y está más que nervioso.

—No. Aún me faltan algunos retoques. Todo va salir bien, tienes que relajarte. —Trato de calmarlo, pero parece una tarea imposible.

—¿Cómo se ponía esta cosa? —Tira de su corbata color marrón y la enreda por todos lados. —¿Me ayudas? —Se acerca a mí con cara de espanto y suelto una carcajada.

—¿Qué te hace pensar que yo sé hacer nudos de corbatas?

—En las películas las chicas siempre saben. —Se encoge de hombros. —Creí que tú...

—Pues has sido engañando por las películas. —Niego con la cabeza y trato de delinearme correctamente los ojos reprimiendo una sonrisa.

—¿Debería dar algún discurso si me ascienden? —Se sienta en la cama moviendo uno de sus pies de un lado a otro.

—Sí, di algo como gracias a mis padres, a mi esposa, a mi hija, a mis amigos, a todas aquellas personas que creyeron en mí, sin ustedes no hubiera logrado alcanzar mis sueños. Luego besas el Oscar y te bajas del escenario. —Bromeo y logro que se ría a carcajadas. Se ve tan guapo con su smoking que tengo que concentrarme a regaña dientes en mi tarea para no distraerme con otros pensamientos.

—A mi esposa sí que le tengo que agradecer. Aunque no me asciendan el hecho de que tú hayas estado aquí me ayudó mucho a superar mis problemas. —Me confiesa y se aproxima a mí para besarme pero somos interrumpidos por el timbre de la puerta.

—¿Esperas a alguien? —Le pregunto con el ceño fruncido.

—No. —Intrigados y con prisas abrimos la puerta del apartamento para encontrarnos con dos oficiales de la policía y un señor con un maletín. Mi corazón se dispara al instante. Tengo un mal presentimiento. ¿Qué vendrán a hacer aquí?

—Hola. Soy Mark agente de inmigración, y ellos son Tom y Gerad. Lamentamos interrumpirlos a estas horas y más siendo Acción de Gracias, ¿son ustedes Joan Roth y Rose Harriet Miller? —Pregunta el oficial bajito de espejuelos grandes y voz gruesa. Las palabras «agente de inmigración» resuenan en mi cabeza.

—Sí, somos nosotros. Aunque Miller era mi apellido de soltera. Ahora soy Rose Harriet Roth. —rectifico y me tiembla la voz al hablar.

—Sí, eso tendremos que verificarlo, tenemos una denuncia anónima que indica que su matrimonio es un fraude. ¿Saben ustedes las consecuencias de eso? —Si no es porque Joan coloca su mano en mi espalda me hubiera desmayado solo de escuchar las palabras del agente.

—Imposible, señor, mi esposa y yo nos amamos. ¿Por qué tendríamos que mentirle? —Joan intenta mantener la calma, pero yo estoy a punto de echarme a llorar. «Esto tiene que ser una pesadilla.»

—No es la primera vez que he escuchado esa respuesta. Según consta en el papeleo la señorita Miller...

—Soy Ms. Roth. —Susurro pero el señor de espejuelos me ignora totalmente.

—... hace un mes que llegó al país por primera vez, y hace menos de tres semanas que ustedes se casaron. No sé a ustedes pero a mí me resulta sospechoso que dos personas se casen una semana después de conocerse. —Acusa nuevamente el agente con cierta prepotencia.

—Nos conocemos de hace años, crecimos juntos en un pueblo de Inglaterra. —Se justifica Joan, pero no sirve de nada.

—Sí, también he escuchado mucho este tipo de historias.

—Pero es cierto. —me defiendo. Creo que me va a explotar la cabeza.

—Señorita todos dicen lo mismo. Yo solo vengo a avisarles que están citados para el lunes en el consulado del Reino Unido en New York en el horario de la mañana. Les aconsejo que se vayan preparando porque un caso como el suyo que ha sido denunciado tiene grandes posibilidades de ser cierto a menos que tengan pruebas contundentes de que realmente están juntos por amor. Pueden llevar testigos. Ahora mismo están en el punto de mira y es probable, Señorita Miller, que usted sea deportada y su entrada al país este prohibida por el resto de su vida. Eso si no se demuestran más engaños, porque Mr. Roth podría presentar cargos que lo lleven a prisión. —Ahogo un suspiro de espanto, y no puedo evitar llorar de miedo. Joan no merece ir a la cárcel por mi culpa, y marcharme de la ciudad y de su lado es la peor cosa que podrían hacerme en mi vida.

¿Quién diablos ha podido hacernos este mal? Kelly es la única persona que conoce nuestro secreto y sé que jamás me haría algo así. A pesar de conocerla desde hace poco ella me ha demostrado ser una persona leal y transparente, además ¿Qué ganaría haciéndonos esto? Es imposible que sea ella.

Joan despide a los agentes tan atormentado como yo, y escondo mi rostro en su pecho buscando algo más que un simple abrazo.

—Rose... no llores, por favor. No puedo pensar con claridad si te veo así. —Me suplica. Su cuerpo tiembla inquieto, y su corazón perdió ese ritmo calmado que le caracteriza. Pasa su mano por mi cabello intentado consolarme, pero al igual que yo él también necesita un consuelo.

—Por mi culpa tú... ¡ay, Joan! No puedo creer que esto nos esté pasando a nosotros. —Sollozo en su pecho y arruino mi maquillaje, pero poco me importa. Es posible que me arranquen de los brazos del hombre que amo y de la ciudad que me ha hecho sentir viva.

—No pienses en eso, encontraremos alguna solución. Podemos pedirle a Hellen y a Hugo que sean nuestros testigos, y tenemos fotos juntos. Rose, tú sabes todo de mí y yo sé todo de ti. Y te quiero, y tú me quieres, eso tiene que importar.

—¿Y si no es suficiente? —Busco sus ojos a través de mis lágrimas.

—Tiene que serlo, Rose. —Se inclina para apoyar su frente en la mía mientras seca mis mejillas con sus dedos. —Deberías llamar a Kelly, era la única que lo sabía y es posible que se lo haya dicho a alguien. No desconfío de ella, pero tenemos que saber quién ha sido la persona que ha puesto la denuncia. —Asiento con la cabeza y busco mi teléfono móvil que está cargando en la habitación. Las manos me tiemblan, pero trato de buscar su contacto con precisión, necesitamos ayuda.

—Hola. —Contesta al tercer timbre, y no sabe cuánto se lo agradezco. Joan está frente a mí, expectante y desesperado por obtener respuestas.

—Hola, Kelly soy yo, otra vez. —Intento respirar con tranquilidad pero es imposible, los sollozos no me dejan hablar con claridad.

—¿Pasó algo, Rose? ¿Por qué estás así? —Me grita alarmada desde la otra línea, y no encuentro las palabras para explicarme.

—La policía vino... dice que alguien ha puesto una denuncia... que nuestro matrimonio es falso. —Rompo en un mar de lágrimas otra vez. Estamos en problemas, en muy graves problemas.

—¡Oh! Rose, pero ¿cómo? Eso es imposible. No podemos hablar por teléfono de estas cosas, no es seguro, pero te juro amiga mía que yo sería incapaz de hacer algo así. —Está tan conmocionada como nosotros, y le hago saber que nunca dudaría de ella. Pero alguien ha tenido que ser. —¿Será qué...? ¿Crees que Will haya escuchado nuestra conversación el otro día en el café? —chilla con enojo, y me llevo una mano a la cabeza ¿Cómo no pensé en eso antes?

—Es la única persona que ha tratado de hacernos daño todo este tiempo. —afirmo con el corazón a mil y la rabia a punto de estallar. Joan interpreta mis palabras con facilidad, agarra su billetera, lanza la corbata que aún estaba enrollada en su cuello a un lado, y sale de la habitación a toda prisa. —Gracias Kelly, luego te llamo. —Cuelgo y lo sigo a donde quiera que vaya.

—Joan, espera. —Le grito, pero no parece entender, caminar con tacones es lo peor, con las prisas olvidé mi abrigo, y el frío no duda en impregnarse en mi piel. Detiene un taxi al salir del edificio y entra sin siquiera percatarse que estoy detrás de él. —¿A dónde vamos? —Le pregunto una vez que me siento a su lado.

—A Cobble Hill, por favor. —Le pide al chofer y yo agrando mis ojos de manera alarmante.

—No podemos ir así a la fiesta. —¿Se ha vuelto loco?

—Yo no voy por la fiesta, Rose. —No me mira, presiona su puño contra el pantalón de su traje, y mantiene la vista fija en la carretera.

—¿Qué vas a hacer, Joan? —Le tomo de la mano, pero no sirve de nada, está demasiado enfadado como para escucharme.

—Lo que debí haber hecho hace mucho tiempo. —Su voz está cargada de resentimientos, y me preocupa verlo así, yo también estoy molesta pero no podemos cometer una locura y eso es lo qué más temo de todo, que las cosas se compliquen para nosotros.

Diecisiete minutos tarda el taxi en llegar al barrio más costoso de Brooklyn, y dejarnos frente a la Mansión del señor Hunt. Joan paga la tarifa del contador y sale del auto con prisas. Toda la empresa está invitada a la celebración y tengo mucho miedo de que las cosas se nos vayan de las manos, encontrar la calma en estos momentos es como buscar una aguja en un pajar.

Entramos a la casa y mi amiga Mila nos recibe a ambos con un fuerte y cálido abrazo.

—¿Y esas caras? —Nos estudia a los dos por nuestros atuendos, y nota como tiemblo de frío. —Rose, ¿qué pasa? —Mila me toma entre sus brazos y me acurruca en ellos, Joan no espera a saludar a los demás, simplemente desaparece de nuestro lado antes de que yo pueda protestar.

—Es una larga historia, amiga. Pero solo te puedo decir que es posible que estos sean mis últimos días en New York. —Las lágrimas vuelven a correr por mis mejillas, y Mila se apresura a limpiarlas.

—Cuéntame todo, cariño. Quizá pueda ayudarte. —Me suplica y me aparta de la atención de todos invitados mientras yo trato de localizar a Joan, pero no lo veo por ninguna parte.

—Alguien ha hecho una denuncia asegurando que mi matrimonio con Joan es falso. —Ella me ofrece un pañuelo donde sorberme la nariz y yo no dudo en utilizarlo. —Es muy probable que me deporten si no logramos convencer al gobierno de que estamos juntos.

—¡Oh, Rose! Que horror. Pero si ustedes se aman y eso se nota. Es una calumnia. ¿Por qué acusarlos de algo tan grave? —Me abraza con más fuerza que antes y me llena de ánimos para confesarle.

—Puede que al principio sí nos hayamos casado para obtener el beneficio de yo poder quedarme en el país, pero después nos dimos cuenta que estábamos enamorados, y ahora esto... —Sentimos unos gritos provenientes del jardín y unos platos rotos. Ambas nos miramos asustadas por el espaviento y corremos a ver de qué se trata. Algo me dice que Joan es el protagonista de esta escena.

—Métete en tus asuntos, Will. —Contra la pared del costado del muro que divide a la casa de la calle Joan retiene a su supuesto amigo con el puño levantado.

—Estos son mis asuntos, Joan. Estoy cuidando mis propios intereses. —Responde con mirada desafiante Will, y el señor Hunt y sus compañeros de trabajo tratan de que Joan libere al chico, pero es imposible.

—Por tu culpa la deportarán, ímbecil. Y es probable que yo vaya a la cárcel. —mascula con furia antes de dejar caer su puño en el rostro de su ya ex amigo.

—Y eso me dejará el camino libre para el ascenso. Justo cuando yo me había convertido en la primera opción para ocupar la plaza de jefe de marketing se te ocurre salir de la depresión y casarte con una loca. —Joan ya había perdido la paciencia pero las últimas palabras lo colman de rabia y se lanza sobre Will con mayor fuerza que antes.

—Detente de una vez, Joan. ¿Qué es este espectáculo? —Le ordena el señor Hunt, y aunque logra hacerlo entrar en razón, no suelta a Will.

—Lo siento mucho, señor Hunt, pero este desvergonzado ha…

—No me importa lo que haya hecho. Están los dos despedidos inmediatamente. —Todos en el salón palidecen, y Mila me toma de la mano para darme apoyo porque estaba segura de que me desmayaría, sin dudas esta vez si lo haría. —Que decepción, Joan. En mi propia casa. —«Que vergüenza.»

—¡Usted no puede hacer eso! —Lo encara Will y me pregunto como aún le quedan fuerzas para protestar.

—Ah ¿no? —Si las miradas matarán el desgraciado estaría muerto ahora mismo porque el señor Hunt ya en este punto ha perdido la paciencia. —¡Fuera ahora mismo de mi casa!

—Lo siento mucho, Mila. Yo no quería que las cosas terminaran así. —Me disculpo por el comportamiento de Joan y me acerco a él para juntos marcharnos.

Nunca había sentido tanta vergüenza en mi vida. Arruinar la fiesta de su jefe sin dudas fue la peor idea que se le pudo ocurrir a Joan, pero no puedo culparlo, ver la cara de Will y no golpearlo es casi imposible. Pero al final no ganamos nada, el proceso de investigación seguirá de todas formas y aunque el culpable tiene el labio roto, ahora mismo el futuro de Joan y mío es incierto.

Nota:

Happy Thanksgiving: Feliz día de acción de Gracias.

Black Friday: Viernes negro.

Capítulo 19

La cena del Black Friday se mantiene en pie, pero ninguno estamos de humor para celebrarla. Hellen y Hugo llegaron temprano para ayudarnos a preparar el pavo relleno, el puré de papas y la salsa de arándanos. Intento concentrarme en hacer cualquier cosa pero me resulta imposible. Joan está a mi lado, jugando con Alessia y dedicándole todo el tiempo posible. Está asustado, y no es para menos, nadie sabe cómo terminarán las cosas.

Hemos tenido que contarle la verdad a nuestros invitados y milagrosamente nos entendieron, sobre todo Hugo, que asegura conocer varios casos parecidos y lastimosamente no todos lograron triunfar, lo que nos deja más angustiados.

Kelly y Ryan llegan un poco más tarde cargando una botella de vino tinto. El productor es un chico muy simpático y no demora en hacerse amigo de todos. No dejo de pensar que esta podría ser mi última cena con mi familia adoptiva en New York y considerando que es la segunda, y que la primera no fue de las mejores, no me queda más que guardar en mi memoria los pequeños instantes en los que Hugo nos hace reír.

El timbre de la puerta nos interrumpe y el pánico vuelve a mí. No esperamos a más nadie y no puedo evitar pensar que es la policía otra vez. «Creo que estoy traumatizada con esto.» Es Joan el más valiente de los dos que se anima a levantarse y a atender al llamado.

Es una sorpresa para todos en la mesa ver a Mila y al señor Hunt entrar al apartamento. -Espero tengan sitio para dos más. -comenta mi amiga con una sonrisa, y no puedo estar más feliz con su presencia.

-Donde comen 7 comen 9. -asegura Hugo mientras le deja su sitio a la pareja y sale en busca de más sillas.

-Que bueno verlos. -Joan se rasca la nuca con timidez. Después del escándalo en casa de los Hunt's no esperábamos que aparecieran por aquí y menos en esta fecha.

-Mila me lo ha explicado todo, y aunque no comparto tus métodos, te tengo mucha estima como para dejarte solo en estos momentos. -Joan enrojece con las palabras de su ex jefe, y este le da una palmadita en la espalda.

-Quiero volver a disculparme, no debí comportarme de esa forma, y menos en su propiedad.

-No te preocupes, cariño, yo hubiera hecho lo mismo, ese Will nunca me ha caído bien. -Le asegura Mila restándole importancia a sus acciones mientras se une a nosotros en la mesa.

-Gracias por venir. -La tomo de la mano y suspiro agradecida. Ella me regala un cálido y maternal abrazo antes de susurrarme al oído que todo saldrá bien.

Luego de hacer las presentaciones correspondientes, compartimos juntos lo que podemos llamar un momento de tranquilidad. Entre risas, chistes y aroma a caramelo disfrutamos de la velada. ¿Quién me iba a decir a mí que New York me daría tantas cosas buenas? Ojalá pudiera quedarme para siempre. Es tarde en la noche y Alessia ya está rendida en su cuna. Estos días se quedará con nosotros, y nos viene muy bien, la niña es luz en nuestras vidas.

-¿Ya tienen todas las pruebas listas? -pregunta Kelly mordiéndose el labio inferior como si hablar del tema le diera cierta vergüenza.

-Sí, tenemos mensajes en el móvil, fotos de la boda, y algunas otras que nos hicimos el mes pasado. -Mila niega con la cabeza, y se atreve a decir.

-No creo que eso sean pruebas definitivas, necesitan más, chicos. Si tuvieran billetes de avión de algún viaje que hayan hecho juntos. -propone.-También sería bueno que buscaran un abogado de inmigración que los asesore. -Había olvidado que Mila también fue emigrante en este país, y que ella tiene conocimiento de este tipo de procesos.

-Tenemos los billetes de cuando fuimos a las Vegas, y quizá si llamamos al Orchard Hotel puedan mandarnos la verificación de que estuvimos juntos por tres noches hospedados allí. -Asegura Joan moviendo su pierna de un lado a otro.

-Regalos ¿Tienen algún presente que se hayan hecho entre ustedes? -pregunta Hugo tratando de ayudar a organizar nuestras ideas.

-Rose me regaló un abrelatas cuando vino de Londres. -confiesa Joan, y noto como todos en la mesa retienen una carcajada, si no fuera porque la situación es bien seria estuvieran muertos de risa.

«Me acabo de dar cuenta que no fue una buena idea después de todo lo del abrelatas.»

-Vale, eso no nos ayudará mucho, pero algo es algo. -Me gusta ver como el señor Hunt habla de esta situación como si fuera una cosa suya también. Eso dice mucho del cariño que nos tiene.

-¿Alguna posibilidad de que estés embarazada? -plantea Hellen encogiéndose de hombros y aunque el rostro de Joan se ilumina con la propuesta sabe bien que es imposible.

-No creo, usamos protección. -«Qué raro es hablar de estas cosas.»

-¿Comparten hipoteca o pagan las facturas juntos? ¿Alguna cuenta bancaria en conjunto? -Ryan también trata de ayudarnos.

-No, aún no hemos tenido tiempo de hacer esas cosas. -Joan se despeina el cabello con cierta frustración, sabe bien que sin estos detalles nuestro matrimonio sigue colgando de un hilo para demostrar que fue de buena fe.

-Bueno, nosotros iremos de testigos. -Señala Mila a su esposo y este asiente con la cabeza.

-Yo también voy. -Kelly esboza una sonrisa antes de guiñarme un ojo.

-Y nosotros por supuesto que vamos también, yo espero que el testimonio de la ex esposa sea de gran peso en esta situación. -Hellen tiene la mejor de las intenciones, y no puedo evitar emocionarme al recibir el apoyo de todos.

-Gracias de corazón. Aunque no creo que dejen que entremos con tantos testigos. -Joan se encoge de hombros.

-¿Tienen planes para el futuro? Cosas que puedan probar que planean seguir juntos por mucho más tiempo. -pregunta Hugo. Es bueno tener las cosas claras en todos los puntos.

-Pensábamos ir juntos a Inglaterra para la boda de su hermana. Es dentro de 9 meses. -contesto con inquietud. No hemos querido avisar de este imprevisto a nuestras familias en Grash Village para no preocuparlos, pero si las cosas no salen bien no nos quedará de otra que contarle a todos nuestro disparatado comienzo matrimonial.

-Eso es muy bueno, tenemos varios puntos a nuestro favor. -afirma el señor Hunt con más ánimos que antes.

-Las preguntas les serán fáciles considerando de que ya son una pareja de verdad. Todo saldrá bien, cariño, verás que sí. -Mila pasa su mano por mi cabello y me acerca más a su cuerpo.

-Gracias... -susurro y todos saben a lo que me refiero.

El lunes había llegado y por más que Joan y yo intentáramos calmarnos no podíamos, nos sentíamos como en el juicio final. Encontrar un abogado en estos días festivos fue más complicado de lo que cualquier persona pudiera imaginarse, pero al final lo logramos. Nos preguntó lo mismo que nuestros amigos y nos guió por el camino de la seguridad. Nerviosos y cargados de temores llegamos al consulado para demostrar nuestra verdad.

El primer indicio de desconfianza que muestran es hacernos el cuestionario por separado, y no puedo negar que aunque me sé a ciencia cierta las respuestas estoy sumamente inquieta. Yo soy la primera en pasar, y la cara de las personas en la sala no son para nada alentadoras una vez que terminan con las preguntas. Los testimonios de nuestros amigos lo recibirán por escrito, y las fotos y las demás evidencias las entregará Joan una vez que esté dentro.

Pasa más de una hora antes de que Joan se reencuentre conmigo en las afueras del consulado, y verlo sonrojado y con las manos temblorosas me hacen pensar que las cosas no van bien. -¿Cómo estás? -me pregunta mientras me acaricia la mejilla y yo intento no convertirme en un mar de lágrimas.

-Asustada. Joan, yo estaba pensando en si por casualidad me tengo que marchar podríamos mudarnos a Canadá y así no estarías tan lejos de Alessia, podrías verla los fines de semana. Yo pediría algún trabajo en alguna editorial de allá...

-Canadá tiene leyes migratorias muy estrictas, cariño. -Dibuja en su rostro una ligera sonrisa. -No pienses en esas cosas, creo que logré convencerlos de que te amo. -El corazón se me dispara de la emoción. «Me ama.»

-Esperemos, Joan. Yo también te amo. -Nuestros labios se juntan para sellar un beso diferente, uno que transmite seguridad, y confort. El miedo a perder un futuro que fue manchado por una simple mentira que resultó ser verdad, y que ahora afrontamos las consecuencias.En 30 días acabará nuestra agonía cuando por fin recibamos respuestas.

Cuatro semanas después.

Si pudiera pedir un deseo, solo uno, buscaría cualquier cosa que me pareciera mágica, lo sea con tal de que se cumpla, porque esta vez estoy segura de que no lo desperdiciaré. Porque quiero un futuro con Joan, quiero que estemos juntos hasta que se nos caigan los dientes y nos burlemos el uno del otro, hasta que mi corazón deje de latir y sus ojos dejen de verme con ese brillo encantador que siempre me ha mostrado.

Hoy recibimos una carta del consulado, y aún no he encontrado el valor para leerla. Estoy esperando a que Joan vuelva del trabajo. Ahora es jefe de Marketing, y es de los últimos que vuelve a casa. «Tiene que dar el ejemplo.» Para suerte de todos, ya nadie menciona la pelea con Will, y eso ha sido lo que le ha permitido que el señor Hunt lo vuelva a considerar como un buen candidato para el puesto. Estoy orgullosa de él.

Este último mes lejos de ser el más feliz de mi vida, me ha dejado grandes momentos para recordar y entre ellos está la noche en la que fuimos a ver el alumbrando del árbol de navidad en el Rockefeller Center, y cuando patinamos en las pistas de hielo de The Rink. New York no ha dejado de enamorarme día tras día, y me duele pensar en que podría irme y no volver jamás. Perdería gran parte de mi corazón.

Salem se recuesta en mi regazo y ronronea con pereza. Hace dos semanas decidimos darle un hogar a uno de esos gatos arrabaleros que siempre veíamos pelear en la esquina. Garfield fue adoptado por Kelly, que se enamoró de su color naranja desde el primer instante. Joan dice que también debemos hacer a Salem legalmente nuestro gato, pero todo depende del contenido de esta carta, y por más que quiera ser optimista, aún me queda la duda.

-¿Ya la abriste? -Me pregunta Joan sentándose a mi lado en el sofá.

-No. No puedo. -El corazón me va a mil por hora e imaginarme haciendo la maleta me provoca un nudo en la garganta que me ahoga.

-Todo estará bien. Estaremos bien. -Me asegura temblando y deja un cálido beso en mi frente antes de abrir el sobre.

«Después de que se revisarán minuciosamente cada una de las pruebas, se leyeran los testimonios y comparáramos ambos cuestionarios, aún teníamos nuestras dudas por las prisas con las que surgieron todos los acontecimientos y la sospechosa denuncia. Pero una última evidencia mostrada por el cónyuge Joan Roth dejó claro que está relación llevaba más de diez años en vistas de que algún día el destino los uniera. Por lo que explicaría que ambos quisieran casarse con tanta prisa. Queda aprobada la solicitud I-130* para Ms. Rose Harriet Roth...»

Joan y yo nos abrazamos y soltamos un chillido de alegría. Me tiembla todo el cuerpo y no puedo estar en mejor sitio que en sus brazos. Estoy tan feliz que tengo ganas de gritar por la ventana y que me oiga todo New York, que yo Rose Harriet estaré aquí para siempre.

-¿Qué prueba les diste? - Le pregunto una vez que estamos más relajados.

-La foto. La traje de Inglaterra cuando Hellen la descubrió. No podía deshacerme de ella. -Me confiesa tomando mi rostro entre sus manos.

-¿Por qué nunca me la enseñaste? Creía que la habías dejado en Grash Village. -Busco sus ojos esmeraldas que hoy más que nunca resplandecen de felicidad.

-Porque son los pensamientos de un chico enamorado.

Printed by BoD™in Norderstedt, Germany